狼人《おおかみびと》は神獣の血に惑う

真宮藍璃

illustration:
藤村綾生

prism bunko

CONTENTS

狼人は神獣の血に惑う

（正親《まさちか》さん、帰ってきたみたいだ）

　体内の獣の血がざわりと騒ぐのを感じながら、嘉納陸斗《かのうりくと》は耳をそばだてた。

　この屋敷の主である大狼《おおがみ》正親の車が、門に続く細い道を走ってくる音がする。半年前、まだただの人間の男であった頃の陸斗には、聞き取ることができなかった種類の音だ。

　ややあって、居間のほうでも、同じ音を聞きつけたのか獣たちがうごめく気配がする。

　彼ら、彼女らは混じり気のない四つ足の獣だが、今や野生動物よりも自分のほうが耳がいいというのも、なんだか不思議な気がする。

　陸斗は音を立てずに自室の窓辺に近づいた。

　夜空から差してくる満月の光が陸斗の体を照らし、かすかに窓ガラスに反射する。

　窓に映る顔は、弓のような形の眉とぱっちりとした目、通った鼻筋に細いあごが特徴的だ。

　口唇も形がよく、肌の色艶も悪くない。

　髪は柔らかめで少し茶色がかっていて、癖もなくさらりとしている。

　パーカにたぶだぶのパンツを身につけた姿は、やや童顔で華奢ではあるが、一見するとどこにでもいる二十二歳の男だ。

『……ただいま。みんないい子にしてたか？』

「……っ」

正親の朗らかだが深みのある低い声に、ドキリと心拍が跳ねた。

月夜の晩だからか、「獣馴らし」の能力を持つ彼の声を聞くだけで、血流が激しくなる。

獣たちも同じなのだろう。小さく吠えながら居間の畳の上を跳び回る音が聞こえる。

陸斗も正親と顔を合わせたらますます興奮してしまいそうだから、もう眠ったふりをしようかと、一瞬考えたけれど。

(家の主が帰ってきたんだから、ちゃんと挨拶しないと……)

陸斗はこの屋敷の間借り人なので、それが礼儀だと思い、部屋を出て居間に向かう。

廊下を歩いて障子を開け、声をかけると。

「おかえりなさい、正親さ……、わっ?」

居間の真ん中で、スーツ姿の正親が畳の上に押し倒され、ユキヒョウとアムールトラ、ピューマにのしかかられている状態だったので、思わず声を上げた。

別に襲いかかっているわけではなく、ただ正親に甘えているだけだと知っていても、やはり少々ぎょっとする。こちらに軽く手を上げて、正親が言う。

「やあ、ただいま、陸斗。……よしよし、みんないい子だ。こら、順番だぞ?」

正親がどこか甘い声で言って、大きな手で獣たちの頭やあご、艶やかな被毛を優しく撫で、鼻先にちゅっと口づける。

まるで愛撫するみたいな様子に、ドキドキしてしまう。

どうしてそうなるのかわかっていても、やはりなんだか恥ずかしい。

「……あの、俺、お茶でも淹れてきますっ」

「気づかいには及ばないさ、陸斗。きみもこっちにおいで」

「い、いえ、でもっ」

「見たところ、きみが一番こうする必要がありそうだぞ？」

正親が軽く言って、獣たちに目を向け、何事か低く声を発する。すると皆がこちらを一瞥し、正親から身を離して、部屋を出ようとのそりのそりと歩き出した。

獣たちには名前はない。正親のもとで一時的に保護されているだけで、いずれは元いた場所に帰っていくから、名付けていないのだという。

でも陸斗は違う。ここで働き、彼の世話になる道を、最近選択したばかりだ。

だから恥ずかしがっている場合ではないのだが、いつもつい遠慮してしまう。

獣たちが部屋を出ていってしまうと、正親が座布団の上に安座し、スーツの上着を脱いでネクタイを外して言った。

「さあ、陸斗。遠慮せずにこっちに来たらいい」

「でも、そのっ……、今日は、大丈夫ですからっ」

「頭にケモミミが出かかっているのにか？」

「えっ？　あ……！」

慌てて頭を触ってみたら、柔らかい毛に覆われた二つの耳が、伸ばし気味の髪の間からひょこっと出かかっていた。

狼の耳の先端部分だ。

「今夜は満月だ。このままだと、きみは一晩悶々とすることになる。馴らしてあげるから、恥ずかしがらずにほら、来なさい」

そう言って正親が、座布団をもう一枚傍に寄せてポンポンと叩く。

一晩悶々とする、というのはやや語弊があると思うのだが、実際そう表現するのが一番近い状況になるので、やはり困るのは確かだ。

少し迷ったが、陸斗はぎこちなく正親に近づき、座布団の上に正座した。そうしておずおずと顔を向け、正親と目を合わせる。

豊かな黒髪と、思慮深さを感じさせる形のいい額。

少し灰色がかった大きな黒い瞳と高い鼻梁、そして肉感的な口唇。

間近で正親の顔を見ただけで、尾てい骨のあたりが疼くのを感じてビクリとした。

正親が察したようにこちらに手を伸ばし、首にかけた勾玉《まがたま》の首飾りを外す。

「っ！」

勾玉の首飾りは、自分の中の獣の野性を抑えるストッパーだ。

それを外された途端、頭に狼の耳がピンと飛び出し、尾てい骨のあたりからはしゅるんと尻尾が飛び出したのがわかって、思わず喉奥でうなる。

陸斗は人間と獣の半端な融合体である「獣人《じゅうじん》」だ。融合した獣の種類が狼なので、「狼《おおかみ》人《びと》」と呼ばれている。繊細なバランスの上に成り立つ獣人の体が、人から獣のほうに傾き出したので、獣の耳と尻尾が出てきてしまったのだ。

元に戻すには、正親に獣の血を静めてもらわないといけない。

「……すみません。やっぱり、馴らしてもらえますか？」

「もちろんだとも」

正親が言って、にこりと微笑む。

その笑みにまた胸が高鳴るのを感じながら、陸斗は正親の灰色がかった黒い瞳を見つめていた。

◆　◆　◆

「……あれ、道ってこっちでいいのかな？」

「いいんじゃねえか？」

「でも、今なんか、看板みたいなのが落ちてなかった？」

「見なかったぞ。ほら、ナビも合ってるし、大丈夫だろ！」

運転席に座る男が、ヘッドライトに照らし出される暗い山道を見ながら、少し不安げな顔の助手席の男に告げる。

嘉納陸斗は、後部座席からちらりとナビゲーションシステムの画面を覗き、それからまた隣に座る男に顔を向けた。山道が正しい道なのかが気になって、何を話していたのだったか一瞬忘れてしまい、思わず黙って小首をかしげる。

雲一つない、月夜の晩。北陸のとある町にある物流会社の社員寮で一緒になった、それほど親しいわけでもない男たち三人と、陸斗は深夜のドライブ中だった。

その町には、生まれ故郷を出たあとあちこち転々として、三カ月ほど前にたまたま流れ着いただけで、縁もゆかりもなかった。

物流倉庫で一日中ピッキングの仕事をこなし、稼ぎのほとんどを家に送っている身なので、普段は仕事のあとに誰かと遊びに行くようなこともなく過ごしている。

でもその夜は、同僚たち三人が車を借りて、ドライブがてら山の向こうにある深夜営業のディスカウントストアに行くつもりだと話しているのを聞いて、なんとなく興味を覚えて一緒に行くことにしたのだ。

「……え、じゃあ陸斗って、もしかしてインターハイとか行ってた感じっ？」

沈黙した陸斗に、男が驚いたような声で訊いてくる。

そうだ。高校時代の話をしていたのだった。陸斗はうなずいて言った。

「まあ一応。百はそこまでじゃなかったけど、二百メートルなら全国レベルだったし」

「マジか。すげえ！」

「でも、高二でやめちゃったから。今はたぶん、ちょっと走っただけで息切れしちゃうよ」

同僚の中に、陸斗と同じように高校時代に部活動で陸上競技に打ち込んでいたという男がいたので、車の後部座席に並んで座って、二人でぽつぽつそんな話をしていた。

陸斗は高校を中退してしまったので、その頃の話をするのはあまり好きではなかったが、そのときはどうしてか、過去を振り返りたいような気分だったのだ。

小学生の時から足が速かった陸斗は、中学生になると地方大会で優勝するようになり、高校にはスポーツ推薦で入った。オリンピックを目指せると言われ、将来を嘱望されていたのだが、高二の春に両親が不慮の事故で亡くなったことでその道を絶たれ、祖母と妹を養うために中退して働き始めたのだった。

悪いことは続くもので、その後は地元の悪い連中に騙されたり、金銭的なトラブルに巻き込まれたりして、結局家族三人、夜逃げ同然で生まれ育った町を出ていくことになった。

まだ十代で世の中を知らなかったとはいえ、ふがいなさや申し訳なさを感じた陸斗は、それからはずっと、一人であちこちの町を転々としながら金を稼いで、今は首都圏近郊のとある地方都市でひっそり暮らす祖母と妹に、仕送りをする生活を送っている。

でも、ずっとこのままでいるわけにはいかない。ちゃんとした職業に就いて、二人が安心して暮らせるようにしなくてはならない。

心の隅で、ずっとそう思ってはいるのだけれど、何をどうすべきなのかきちんと考える暇もなく、日々の仕事に追われる毎日で……。

「……おわっ！　なんだ今のっ？」

「わかんね！　犬っ？」

運転手の男と助手席の男が、頓狂な声で言い合う。

どうやら走行する車の前を何かが横切ったらしい。わずかにスピードを緩め、バックミラーを覗き込みながら、運転手の男が言う。

「つたく、危ねえなぁ。動物とかひきたくねえよぉ」

「ほんとそれな」

助手席の男が言って、心配そうな声で続ける。

「……ていうかさあ。この道ほんとに合ってんの？　なんかさっきから、どんどん細くなってきてねえ？」

車が走っているのは、街灯もほとんどないくねくねと曲がりくねった暗い山道だ。舗装はされているようだが、路面が荒れているのかずいぶんと揺れる。

陸斗は後部座席から首を伸ばして、もう一度ナビゲーションシステムの画面を覗き込んだ。

一応、マップ上は山の峠に続く道を走っているように見えるが、前方を見ると確かに道が細くなっていて、左右が崖のように迫ってきていた。

すると次の瞬間――――。

「あれ。なんかナビもおかしくない？」

陸斗が見ている前で、現在位置を示す印が道を外れ、山林の真ん中あたりを進み始める。

どこからか、道ならぬ道に入ってしまっていたのだろうか。

「あっ！　うわぁっ！」

運転手の男が叫んだと思ったら、いきなり車が大きく跳ね、右にぐんと傾いたので、とっさに頭をかばった。

かなりの衝撃だったので、横転するのではと身構えたが、車は宙に浮いたような状態でそのまま止まってしまう。

いったい何が起こったのかと、恐る恐る見回すが、エアバッグがふくらんでいてよく見えない上に、ライトが消えてしまっていてとても暗い。

車の左側の窓は、木か何かで塞がっているようだ。

「なあ、そっちのドア、開くっ？」

「開きそう……、開いた！」

運転席と、後部座席の右側のドアが開いたので、転がるようにして外に出る。

月光と星明かりの下で、皆で慌てて携帯電話のライトをつけると、崖が崩れて土砂や岩が道路に流れ込んでおり、車がそこに乗り上げて止まっているのがわかった。

岩にぶつかった車は、正面がぐしゃっとつぶれている。運転手の男がうなだれて言う。

「マジかぁ……！」

「やっちまったなー！　やっぱり道を間違えてたのかな？」

助手席の男の言葉を受けて、陸斗と並んで座っていた元陸上部の男が、思い出したように言う。

「……そういや、なんかちょっと前に二股んとこあったろ。あそこで、違うほうに入ったんじゃねえか？」

「それって……、やっぱ看板が落ちてたとこじゃねえか！」

「いや見てねえよぉ、看板なんてさあ」

運転手の男が嘆くように言う。

もしかして、マップには載っていない道があったのだろうか。

陸斗の左側に立っていた元陸上部の男が、前に立つ運転手の肩をポンと叩く。

「まあ、しょうがないよ。とりあえずみんなで車を――」

言いかけた男の言葉が、不意に途絶えたその刹那。

陸斗の顔や胸に温かい液体がびしゃっとかかったので、いきなり何が飛んできたのかといぶかった。左手で持っていた携帯電話は無事だが、腕や手の甲にも赤い液体がついている。

――もしかしてこれは、血ではないか。

そう思ってひやりとしたのと同時に、元陸上部の男が地面に崩れ落ちた。

具合でも悪くなったのだろうかと、慌てて屈み込むと、血の臭いに混じって肉が腐ったような臭いがあたりに漂ってきた。

これはなんの臭いなのだろう。

「……ぅ、ぐっ」

「ぐえ！」

陸斗の斜め前に立っていた運転手と助手席の男がうめくような声を出し、同じくその場に倒れたので、息をのんで目を見開く。

みんな倒れてしまうなんて、いったい何が起こって――。

「うぁっ……！」

背中に強い衝撃を受け、道路の反対の端に体を投げ出される。

左の肩甲骨の下あたりに感じる、経験したことがないほどの鋭い痛み。

なぜか息をするのが苦しく、吸うたびひゅうひゅうと妙な音がする。うつぶせに倒れた体を起こそうとしても、どうにも手足に力が入らない。

それでもなんとか頭を動かし、車の近くに倒れているほかの三人のほうに顔を向けて声をかけようとしたが、むせてしまって声が出なかった。

鉄みたいな味がするところをみると、これはたぶん血なのだろう。ものすごくたくさん流れてしまっているのか、意識も薄れてきて、目を開けているのがつらくなる。

自分がひどい傷を負い、死にかけていることに気づいて、震えが走る。

(な、んだろう、あれ……?)

携帯電話を弾き飛ばされてしまったせいで、あたりを照らしているのは月と星の明かりだけだ。だからはっきりとは見えないのだが、三人が倒れている場所に、大きな黒い影のようなものが群がり始めている。

けれど、三人は身動き一つしない。もしかしてもう、死んでいる……?

「……っ……!」

三人に群がる黒い影が、くちゃくちゃと異様な音を立て始めたから、声にならない悲鳴を上げる。

黒い影は、よく見ると四つ足の獣のようにも見えるが、うっすらと燐光のようなものをまとっている。この世のものとも思えない、恐ろしい化け物の群れに、先ほどまで話をしていた同僚が襲われ、食われているのだとわかって、恐怖で叫び出しそうになる。

(このままじゃ、俺も……!)

他人事ではないと気づいた途端、化け物の一体がこちらに顔を向け、ゆっくりと近づいてきた。

肉が腐ったような臭い。どうやらこれはあの化け物の臭いのようだ。逃げなければと思うのに、体がまったく動かない。

いきなり化け物に襲われて食われるなんて、そんな恐ろしいことがあっていいのか。

大事な家族を残して、こんなところで死ぬなんて。

「……クソッ、遅かったか！」

「そのようだな。この様子では全員一撃で即死だろう。どれ、久しぶりにやるかの」

どこからか、若い男と年配の男の声が聞こえた、次の瞬間。

道路に光の球のようなものがいくつか投げ込まれ、やや明るくなったところに、男が二人駆け込んできた。

その手には長い刀のようなものを持っており、むき出しの刃に月光が反射してきらりと輝く。二人のうちの片方、背が高くて若い男が一瞬でこちらに近づき、陸斗に襲いかかろうとしていた化け物をなぎ払うように刀を振るう。

「……！」

ざあ、と冷たい液体が体にかかり、驚きとおぞましさとに喉奥で小さく叫ぶ。

強烈な腐臭から、化け物の血だか体液だかがかかったのだとわかって、激しい嫌悪感を覚えたが、陸斗の背後で真っ二つになった化け物は青白い光を放って蒸発し、血も干からびて、やがて臭いもなくなってしまう。

男はそれを確かめ、そのままくるりと身を翻して化け物の群れに近づいた。

そうして年配の男とともに、まるで時代劇の殺陣か何かのように、ひらりひらりと刀を振るう。そのたびに化け物は真っ二つになり、音もなく消えていく。

(すご、い……)

刀がきらりときらめいて、まがまがしい存在を一刀両断する。

あまりにも現実感のない光景に、背中の痛みも忘れて魅入られる。

この男たちが何者なのか想像もつかないけれど、おそらくこういう事態に慣れているのだろう。このために日々刀の鍛錬をし、腕を磨いているのではないかと思える。

もう少しだけ早く現れてくれていたら、同僚たちも自分も、死ななくてすんだのかも――。

「……う、ん……?」

ふと気づくと、先ほど苦しかった呼吸がなぜか少し楽になっている。

ほどんど動かなかった腕も、普通に持ち上げられるようになっており、体がぽかぽかと温かくなってきて、頭も眠りから覚めたばかりみたいにすっきりしてきた。

大量に出血して気が遠くなって、もう今にも死んでしまいそうだと感じていたのに、なんとか持ち直したのだろうか。

半信半疑で、持ち上げた手のひらを見つめていると、化け物をすべて退治した先ほどの若い男がこちらにやってきた。

そして陸斗の顔を覗き込み、不審げに訊いてくる。

「……きみ、生きて……？」

「え……？」

「……いや、そうではないな。生まれ変わろうとしているんだな？」

言われた言葉の意味がわからず、ぼんやりと男を見上げる。

男は陸斗よりも一回りくらい年上だろうか。とても端整な顔立ちをしていて、灰色がかった黒い瞳がキラキラと美しく輝いている。どうしてか目を離せず、見惚れてしまっていると、年配の男もこちらに来て、陸斗を見下ろしてああ、と声を発した。

「なんと、息があったのか！　わしゃ、てっきり……！」

「おじい様のせいではありませんよ。俺も、まさかこうなるとは思いませんでしたし」

「やれやれ、なんという奇縁だ。生きている間にまた『おおかみびと』の誕生に立ち会うとは、まさか思いもせなんだわ！」

おじい様と呼ばれた年配の男が言って、首を横に振る。

「おおかみびと」というのはいったいなんなのだろう。誕生に立ち会う、とは。

なんのことだか理解できず、言葉もなく二人を見返していると、年配の男がどこか含みのある低い声で若い男に言った。

「……それで、どうするつもりだ」

「どう、とは」

「大狼家の長として、この事態にどう対処する？」

年配の男が訊いて、こちらに軽くあごをしゃくり、日本刀の柄をぐっと握る。

短い言葉ながら、厳しくピンと張りつめたような口調と、柄を握る手の力強さに、こちらがいくらか緊張してしまう。

だが若い男のほうは、小さく肩をすくめただけだった。

「彼次第ですね、それは」

若い男がそっけなく言って、陸斗の傍らに膝をついて屈む。

「きみ、名前は？」

「……り、くと……。嘉納、陸斗、です……」

「そうか。初めまして、陸斗。俺は大狼正親。彼は俺の祖父で、大狼公親《きみちか》という」

正親と名乗った男が年配の男を指して言って、それからこちらを真っ直ぐに見据えて続ける。

「さて、陸斗。どうか冷静に聞いてほしいのだが、きみは今、人としては死にかけている」

「……っ？」

「だが人外の存在としてなら生き延びられる可能性がある。人ならぬ身となり、幾多の苦難に耐えてでも、きみは生きたいか？」

「人、ならぬ、身……？」

もはやわけがわからないが、それはもしや、先ほどの化け物のような存在のことか。

四つ足の獣のようなあれは、確かに人ではないようだった。死にかけの人間が生き延びた姿というものを懸命に想像してみても、ゾンビのような怪物くらいしか思いつかない。

そういうものになってでも生きたいのかと、そう訊かれているのか……？

（……俺はまだ、死にたく、ない……）

何が起こっているのかさっぱりだが、祖母や妹を残して、今ここで死ぬなんて嫌だ。せめて妹が就職するまでは、なんとかして支えてやりたい。

それが陸斗の心からの気持ちだ。どうあっても、自分は生きなければならない。

「生きたい、です」

陸斗は正親を見上げて、絞り出すように言った。

「祖母と、妹が、いるんです……。二人のためにも、こんなところで死ねない。どんなになっても、生きたい、ですっ……」

自分の声が思いがけずしっかりと聞こえたので、自分でも少し驚いた。

さっきは息を吸うたびに肺かどこかがひゅうひゅう鳴っていたけれど、これだけ言葉を続けて発しても、もう苦しさはない。

意志を確かめるようにこちらを見つめていた正親が、静かにうなずいて言う。

「そうか。それならきみにチャンスをやろう。無事に生まれ変われるかどうかは、きみの意志と体力によるが、生きたいなら強くそう願うんだ」

自分はいったい、何に生まれ変わるのか。

それを教えてほしかったけれど、正親が立ち上がって携帯電話を取り出し、車のほうに行きながら誰かと通話し始めたから、訊ねることができなかった。

代わりに公親という名の男のほうが傍に来て膝をつき、背中の傷を見て言う。

「おお、もうだいぶ塞がっとるな。若さもあるのかのう？」

「あのっ、俺の背中は、いったいどうなって……？」

「そうさな、おそらく肋骨が砕けて、肺まで抉られていたんだろう」

「なっ？」

「心臓までやられていたら、さすがに助からんかったろうて。まあ、運がよかったのか悪かったのか、それを決めるのは今後のおまえさん自身だがな」

公親がさらりと言って、小さくうなずく。

「わしの家に運んでやる。まずは気をしっかり持て。自分は死なない、生き続けるんだとな」


それからいくらも経たずに、その場にワゴン車が二台やってきた。

陸斗は体を毛布にくるまれ、公親とともにその一台に乗せられて、正親の運転でその場を離れたのだが、もう一台のワゴン車からは、黒い作業服姿の人たちが降りてくるのが見えた。陸斗の同僚たちの亡きがらは、彼らが回収してしかるべき処置をとるとのことだった。

どう見ても警察や消防の職員ではなかったが、あの場で起こったことを考えると、普通に通報したところで意味がないようにも思える。

陸斗自身、同僚たちの心配をしていられる状況でもなかったから、彼らの遺体がどうなるのか、差し当たり考えないでおくしかなかった。

「……あ、本当だ。傷、完全に塞がってる……」

頭や顔についた化け物の血をシャンプーや石鹸でごしごしと洗い落としながら、陸斗は浴室の鏡で背中を映して、思わず独りごちた。

公親が一人で暮らしているという、山の中にたつ大きな平屋。レトロなタイル張りの浴室の、深い浴槽を満たす豊富な湯は、近くの源泉から引いている天然温泉だそうだ。

でも今は、ゆっくり浸かりたい気分ではなかった。あそこで何が起こっていたのか、とにかく早く聞きたい。化け物の正体を知りたいし、自分の体がどうなっているのかも教えてほしいのだ。

何しろ、あれだけの大怪我だったのに、体の調子はもうほとんど元に戻っている。常識的に考えて、そんなことがあるはずはないのに……。

「……え……っ？」

泡をシャワーの湯で流してから、もう一度鏡を見て、陸斗は思わず声を洩らした。

頭の上の、濡れてぺたんと張りついた髪の毛の間から、妙なものが覗いている。

子供の頃、シャンプーで泡立った髪の毛をつんと立てて角のようにして、鬼だと言ってふざけていたのを一瞬思い出したが、陸斗の頭にあるのは角のようではなかった。

灰色の毛で覆われた、犬か狐の耳のようなもの。

いや、ようなもの、ではなく、耳そのものではないか。

恐る恐る触ってみたら、なぜだか自分の耳に触れている感覚があった。

ぎょっとして後退ると、腰の下、尾てい骨のあたりにも、何やら妙な感触があった。鏡の前でくるりと腰をひねってみると――。

「う、わ、なんだこれっ！」

裸の尻の上に、ふさふさとした大きな尻尾があったから、たまらず頓狂な声で叫んだ。

ほんの数分前、背中の傷を確かめたときにはこんなものはなかったのに、まさかいきなり生えてきたのか。

「いや、まさか！　いくらなんでも、そんなことあるわけっ……！」

先ほどのあまりにも凄惨な出来事からして、すでに理解を超えた事態なのだ。頭が処理能力の限界に達してしまって、幻を見ているのかもしれない。

というか、きっとそうに違いない。今すぐあの二人のところに行って、自分に見えているものが彼らにも見えているのか確認してみよう。

混乱しながらも陸斗はそう思い、そのまま浴室を出て走り出そうとした。

だが、さすがに素っ裸というのはまずい気がして、慌てながらも脱衣場にバスタオルが置かれているのを見つけ、腰に巻いて廊下に出る。

二人を捜して小走りに進み、庭に面した和室の前を通りかかると……。

「……っ！　正親さん、怪我をっ……？」

正親が上半身裸で畳の上に安座して、公親に包帯を巻いてもらっているところだったので、驚いて声をかける。

背中に大きなパットが貼られているところを見ると、傷も大きいのだろうか。

こちらに顔を向けて、正親が言う。

「いや、これは今日のじゃない。先月、別の現場で負った傷だよ」

「……現場……？」

「さっきみたいな事件が起きた場所のことさ。このところ、魔獣の活動が活発でな」

まじゅうというのは、魔獣、だろうか。おそらく先ほどの化け物のことだろう。

よくよく見てみると、正親の上半身には傷痕がたくさんある。今日や昨日の怪我ではなさそうだし、やはり二人は、ああいう事態に慣れているのだろうか。

山の中での出来事を思い出しながら考えていると、正親がこちらをまじまじと眺めて、ためらいを見せながら言った。

「ケモミミと尻尾、もう出てきたんだな」

「っ！」

「とても驚いていると思うが、それはきみが生き延びられたことの証しだ。きみはとても、生命力が強いな」

「……あなたにも見えるんですか、これ……」

自分でも信じられない、信じたくない状況をさらりと肯定されて、それしか言葉が出てこなかった。

正親にも、この獣の耳と尻尾が見えている。

つまりこれは夢でも幻でもなく、現実だということだ。

なんだか呆然としてしまい、へなへなと畳に膝をつく。

正親がなだめるみたいに言う。

「戸惑う気持ちはわかる。先ほどの出来事はなんだったのか、そしてきみの身に何が起こっているのか。今から全部説明するから、もう少しだけ待っていてくれるか？」

「……それほど待たせることもなかろ。手当てはすんだからな」

正親に包帯を巻いていた公親が、用具を傍らの救急箱にしまって、こともなげに言う。

「傷はもうほぼ治っとる。あとはここでもう少しだけ、のんびり湯に浸かっておれば……」

「いえ、湯治は今日でおしまいにします。先ほどの件、本部に報告書を書かないといけませんし」

「そう言うだろうと思っとったわ。相変わらず、仕事の虫だな！」

公親が呆れたふうに言って、部屋の奥に行き、襖を開けて押し入れの中からタオルと浴衣を取り出す。

それをこちらに持ってきてから、今度は布団を取り出して敷き始めた。

正親も公親を手伝い、布団が二組敷かれる。

「ありがとう、おじい様。あとは俺に任せてください」

「おまえ一人で大丈夫か、正親？」

「もちろんです」

「そうか。じゃあ、また明日の朝な」

そう言って公親が、ちらりとこちらを見る。

「陸斗といったか。正親の話をよく聞いて、これからの身の振り方を考えるといい。じっくり、時間をかけてな」

公親が部屋を出ていくと、正親がシャツをはおり、こちらにやってきた。

そうしてタオルを取って、陸斗の髪を優しく拭き始める。

現状を受け止めきれずへたり込んだままの陸斗に、正親が告げる。

「きみはな、陸斗。獣人に生まれ変わろうとしているんだ」

「……じゅう、じん？」

「そうだ。死に瀕した人間と魔獣の血が大量に混ざり合うと、ときどきその両方の血を受け継いだ獣人が生まれる。とてもまれなことだがな」

「魔獣、って、あの化け物のこと、ですよね？」

「ああ。元は野生の獣だったが、長く生きるうちに悪しき魔の気をまとい、人間を捕食して知性を持つようになった存在だ。さっきのは元が狼だから魔狼《まろう》と呼ばれ、狼の獣人は、狼人と呼ばれている」

正親が言って、陸斗の頭の上に突き出した獣の耳をそっとタオルで拭う。

「少し前にこの一帯に入り込んだという情報があって、旧道を封鎖しておいたのだが、きみたちの車が運悪く入ってしまって、不幸にもああいうことになった。もう少し早く気づいていればと、残念でならない」

言葉のとおり、正親の声には無念さが覗く。

でも、情報というのは誰がどうやって集めて、どこから入ってくるものなのだろう。そして道を封鎖しておいたというのは、誰のどういう判断なのか。

日本刀を振るっていた二人の戦い慣れた様子も、とても気になる。

陸斗の脳裏に浮かんだ疑問を察したように、正親が陸斗の頭からタオルをひょいと外して、こちらを見つめて言う。

「俺は、大昔から魔獣退治をつとめとしてきた、『月夜守《つくよもり》』と呼ばれる一族の末裔だ」

「……魔獣、退治……？」

「大狼という姓に表れているように、狼の神獣の子孫だといわれている。日本にはほかにも、狐や熊などの神獣の血を受け継ぐ一族がいて、協力して組織を作り、人知れず魔獣退治に勤しんでいる」

「そんな、人たちが……？」

「起源はわからないが、平安時代には、すでに都を脅かす魔獣たちを調伏していたと伝えられている。歴史の表舞台に出ることはなかったが、その役割は代々受け継がれ、一族皆で組織を支えてきたんだ」

正親が言葉を切り、陸斗が話を理解できているか探るように、ゆっくりと続ける。

「まあ今は表向き、環境保護団体ということになっているがな。人間の安全な住環境を守っていると考えれば、その名のとおりの組織といえるかな」

（つまり、大昔からあの化け物と戦ってきた、ということ？）

正親の言葉を、昨日までの自分だったら、あり得ない話だと思っただろう。

漫画や映画の見すぎではないかと、そんなふうにすら感じたかもしれない。

でも陸斗は、同僚だった男たちが何体もの魔獣に襲われ、食われるのを見た。

自分も襲われ、大量に出血して死にかけていたのに、魔獣の血を浴びたあとは信じられない速さで傷が治り、今はもうピンピンしている。

その上、耳が獣の耳になり、尻尾までもが生えて――。

「……信じられない、話です」

「そう思うのは当然だ。でも……」

「いえ、疑ってるわけじゃないんです。ただ、受け止められないだけで……」

陸斗は言って、正親から目をそらし、うろうろと泳がせた。

公親が置いていった浴衣が目に入ったから、拾い上げて広げ、もたもたとはおる。

「そんな世界があったなんて、今初めて知ったから、俺はこれからどうなるんだろうと。こんな、耳とか尻尾とか、生えてるし……」

そう言ってから、ふとおののいた。

もしや自分は、このままずっとこの半端な姿のままなのか……？

「あの、このケモミミとか尻尾とか、ずっとあるんですかっ？」

「いや、訓練すれば耳や尾はすぐ隠せるようになる。不用意に飛び出てしまわないよう、抑えるための道具や方法もあるから、慣れれば今までのように人の中で暮らすことも可能だよ。人ならぬ身とは言ったが、獣人というのは、基本的には人間だからな」

陸斗の浴衣の帯を締めてくれながら、正親が言う。

「ただ、もしもきみが、今すでにその姿を苦痛だと感じているのなら、話は別だ」

「……どういう、ことです？」

「その姿で生きることが、どうしても受け入れられない、こんな姿では生きていけないと感じるほどつらいのなら、この先、その苦痛が解消されることはない。それだけは、はっきり言っておこう」

突き放したような口調に、なんだかひやりとしてしまう。

助けられたときに、まさかこういう姿になるのだとは思いもしなかったし、もう少し言いようがあるだろうと思えてくるが。

(今までみたいに暮らせるなら、つらくは、ないかも)

見た目がどうかなんて、死ぬのに比べたらどうってことはない。あそこで死なずにすんだことこそ、陸斗にとって何よりも得がたいことだ。

陸斗は正親を見つめ返して言った。

「どんな姿になっても、俺は生きたいです。家族を養わないといけないし」

年金暮らしの祖母と、まだ高校生の妹は、両親を亡くし、夢を諦めた陸斗にとって、かけがえのない存在だ。大切な人たちがいるからこそ頑張ってこられたのだし、これからもそうしたい。

そんな陸斗の思いが伝わったのか、正親がどこかほっとしたような顔をする。

「きみがそう思ってくれているのならよかった。きみのこれからを、俺としてもできる限り支えたいと思っているよ」

正親がうなずいて、笑みを見せて続ける。

「人間から獣人への体の変化がすべて終わったら、きみには組織に加入することをすすめたいな」

「え。でも、魔獣退治の組織なんですよね？　俺にできることがあるでしょうか？」

「獣人には、獣人にしかない能力がある。それを生かして働く気があるのなら、そうするのが一番いいと思う。ちゃんと手当も出るから、ご家族を養うこともできるしな」

正親が思案げに言って、布団にポンと手を置く。

「なんにせよ、今夜はもう遅い。体の変化が始まっているし、体力も消耗しているだろう。

少し眠ったほうがいい」

「え……と、でもなんか俺、あまり眠くないんですが」

「いろいろあったから、頭が興奮しているんだろう。でも間違いなくいつもよりも疲れているはずだぞ?」

正親が言いながら、部屋の奥側に敷かれた布団に行って横になる。

「よければ並んで横になって、お互いに身の上話でもしないか?」

「身の上話、ですか……」

なんだか思いがけないことになったが、どうやら今日は、昔話をするめぐり合わせのようだ。別に隠すような話もないし、頭が興奮しているのだとしたら、何か話していたほうが逆に落ち着くかもしれない。

陸斗は正親に言われるまま、もう一組の布団に行った。

まだ湿っている髪をタオルでくるんで横たわると、体が布団に沈む込むように感じた。

明日の朝起きたら、自分はいったいどうなっているのだろう。

「さて、じゃあまずは俺から話そうか。『月夜守』が生まれるよりも前、神獣が大地を駆けていた時代の昔話から、ゆっくりとな」

まったく自覚がなかったが、その夜の陸斗は、思いのほか疲労していたようだった。正親と並んで横になって話を聞き始めると、彼の心地よい声に導かれるように、じきに眠りに落ちてしまった。

おかげで彼が話してくれた内容はほとんど覚えていないが、魔獣退治の役割を担う者の名である「月夜守」というのが、魔獣の行動がとりわけ活発になる月夜の安全を守る、という意味合いでつけられたものだという話や、魔獣退治の組織が、表向きは「月夜ノ森」という名前のNPO法人だと聞いたのは、かろうじて記憶している。

「森」は「守」に通じており、絶滅が危惧される動物の保護活動なども行っているとのことだった。

翌朝目覚めると正親はすでに出立したあとで、陸斗は完全に獣人に生まれ変わるまでの間、そのまましばし公親の家で過ごすこととなった。

『……えっと、じゃあお兄ちゃんが今いるのは、富山県と石川県の間のあたりなのね？』

「まあ、だいたいそんなとこ。これからまた別のところに移るかもしれないけど」

『そうなんだぁ。まあ元気そうでよかったよ。このところあんまり連絡くれなかったから、おばあちゃんも、さすがにどうしてるのかなって気にしてたよ？』

「そうだよね。ばあちゃんにごめんねって言っておいて？」

『もー。お兄ちゃんが自分で言いなよ～！』

公親の家の庭、物干し台の支柱に立てかけた携帯電話から、妹の佳奈《かな》の困ったような声がひときわ大きく聞こえてくる。

陸斗は洗濯物を干しながら、佳奈と久しぶりに電話で話しているところだ。祖母は通院の時間で不在だったが、二人とも変わりなさそうなのでほっとする。

例の事件の晩から、今日でちょうど半月。

あのとき魔獣に弾き飛ばされた陸斗の携帯電話を、組織の人が拾っておいてくれたらしく、昨日の夜にここに届いた。画面の端に小さなひびが入っていたものの、さいわいほかは特に壊れてもおらず、今までどおり使うことができる。

電話越しの佳奈の声も、いつもと変わらず明るく陽気だったから、とりあえずは安心したけれど。

(思ったより、心配かけてたみたいだな)

佳奈の声からは、陸斗が電話をかけてきたことを喜び、安堵している様子がうかがえる。でも同時に、怒って泣き出しそうなのをこらえているような、やや複雑な感情も伝わってくる。声がほんの少し揺れているので、かろうじて感じ取ることができたのだが、そのかすかな音の違いは、たぶん以前なら聞き取れなかった。

獣人になったことで、陸斗の聴覚はこれまでよりもずっと鋭敏になったのだ。

（もうそろそろ、完全に体が生まれ変わったのかな？）

この半月、陸斗は公親のもとで、獣の耳や尻尾の隠し方を教わったり、背中の怪我のリハビリをこなしたりしている。その一環で試しに走ってみたら、体が以前よりも軽く、動作が俊敏になっていることに気づいた。

ほかにも、人間だった頃よりたくさんの匂いを嗅ぎ分けられるようになったり、夜目がきくようになったり、聴覚以外にも感覚に変化があった。

ちょっとした切り傷などはすぐに綺麗に治ってしまうし、寝つきや寝起きもよくなって、職場をあちこち転々としていた今までよりも、むしろ健康な体になっているような気すらする。公親によれば、それら全部を含めて、獣人としての能力であるらしい。

『……お兄ちゃん、今度いつ帰ってくる？』

「うーん、そうだなぁ。まあ、近いうちには」

『お仕事、忙しいの？』

「まあね。でも、仕送りはちゃんとするから」

『私もバイト頑張るし、あんまり無理しないでね？』

「佳奈こそ、学校もあるんだから頑張りすぎちゃ駄目だよ？　じゃあ、また連絡するから。ばあちゃんによろしく」

本当はもっと話したかったが、あまり長電話をしてもと思い、ひとまず通話を切る。

陸斗はふう、と一つため息をついて、洗濯物のかごからタオルを取り出し、大きく振ってしわを伸ばした。

仕送りをするためには、働かなければいけないのだが……。

（仕事、辞めちゃったしな）

正親や彼が属する組織、「月夜ノ森」が、あのあと何をどう処理したのかはわからない。だが半月前に魔獣に襲われて亡くなった同僚たちは、世間的には山にドライブに行って遭難したということになっている。

陸斗はドライブには不参加だったていになっていたが、何しろ獣人になってしまったので、あれからすぐに「健康上の理由」で仕事を辞め、寮も引き払っていた。

仕送りを続けるためには、新たに仕事を探さなくてはいけない。

（本当に正親さんのところで、働かせてもらえるのかな？）

正親の「月夜守」としての活動拠点は新潟の山あいの町で、彼が長をつとめる大狼家の一族は皆そのあたりに住んでいるのだそうだ。その気ならいつでも訪ねてきてほしいと言ってくれているから、この際、厚意に甘えてみようか。

「陸斗、茶を淹れたぞ。少し休まんか」

洗濯物をすべて干し、そのまま庭を少し掃いて、家の中に戻ろうとしたところで、庭に面した広縁に公親が現れた。

公親は午前十時と午後三時をお茶の時間と決めていて、とても美味しい和菓子とともにゆっくりと楽しむ。縁側に腰かけてのんびり茶を飲むのは、隠居してここで暮らし始めてからの習慣だという。

「ご家族と連絡は取れたのか？」

「あ、はい」

「よかった。心配していただろう」

「みたいです。今までも、ひと月くらい連絡しないことはあったんですけど、妹とメッセージのやりとりはしていたので」

陸斗は言って、茶を一口飲み、切り出した。

「それで、あの……、そろそろまた働いて、お金を送らないといけないんですが、俺はもう、完全に獣人になったんでしょうか」

「そうさな。能力も備えているし、これ以上大きく変化することはなかろう」

「じゃあ、もう正親さんを訪ねていっても、大丈夫ですかね？」

「『月夜ノ森』で働きたいってことか？」

「はい。俺にできることがあるなら、そうしたいと思っています。助けていただいたご恩も返したいですし」

「ふむ……、そうか」

公親がうなずいて言う。でもその声音には、物言いたげな響きがある。もしや「月夜ノ森」で働くことには反対なのだろうか。

（公親さんは、昔は大狼一族の長だった、って言ってたな）

還暦を前に早々に正親の父親に長を譲って引退するまで、公親は大狼家の当主として一族を率いる立場であり、彼自身も「月夜守」として、全国を飛び回っていたという。

魔獣に負わされた傷の治療方法の権威で、引退後も「月夜ノ森」の相談役として、あちこちの神獣の血族に助言、指導などを行っているとのことだから、魔獣退治については誰よりも熟知している人物であるはずだ。

もしかして、陸斗には向いていなさそうだとか、そういうことか……？

「公親さんは、俺が組織に入るのは反対なのですか？」

「……いや、反対ではない。獣人として、能力を使って生きていくつもりなら、『月夜ノ森』に入るのが一番いいとは思う。しかし、なぁ……」

公親が言いよどみ、困ったような顔をしてこちらを見る。

小首をかしげて見返すと、公親が一つため息をついて、ぼやくみたいに言った。

「まあ向こうに行ったら、一族の長である正親からきちんと説明されるとは思うが、あらかじめ伝えておいたほうが、親切ってもんだろうなぁ」

「……え、と……、何かものすごく大変なことが、あるんですか……？」

恐る恐る訊ねると、公親が少し考えてから切り出した。

「獣人というのは、人と獣の血が絶妙な塩梅で結びついた、とても不安定な存在だ。今後魔獣とは一切かかわらず、能力を抑えておとなしく暮らしていくぶんには、さほど問題は起きないが、そうでない場合はどうしても正親の助けが必要になる」

「助け、ですか？」

「そうだ。もしも組織に入り、獣人の能力を使いながら生きていくのなら……、おまえさんは、大狼の一族の長である正親の眷属になる必要がある」

「……眷属？　……って、なんですか……？」

「彼を主とし、庇護を受けて付き従う者になるということだ。獣人として生きる限り、これからずっとな」

「それって、どういうことなんです？」

言葉の意味がわからず、まじまじと公親の顔を見る。

噛んで含めるような声で、公親が続ける。

「組織の仕事に就いて、魔獣と接する機会のある獣人は、月の満ち欠けや体調、過度の能力の使用によって、時折獣に近づいてしまうことがあるのだ。それを人間の側に引き戻すには、同じ種族の神獣の血を受け継ぐ一族の長によって、滾った獣の血を静めてもらわなければならない」

「どうやって、静めるんです……？」

「さて、それなんだがな……」

公親が言いよどみ、それから静かに告げる。

「昔からもっとも一般的なやり方は、番《つがい》となって、日夜交わることだ」

「えっ……？」

「獣人が見つかると、昔は一族の長が娶って番にし、身をもって眷属としたのだ。信じがたい話に聞こえるかもしれんが、番になると互いに精神的に安定するともいわれておってな。一定の合理性があるとも……」

「合理性って、そんな！　俺、男ですよっ？」

自分としては至極まっとうなことを言ったつもりだったのだが、公親は黙ってこちらを見つめ返すばかりだった。

男であっても男に娶られ、抱かれることになる、ということなのか。

(そんな話、聞いてないよ……!)

『人ならぬ身となり、幾多の苦難に耐えてでも生きたいか』――――。

正親は陸斗にそう訊ねた。

もしかしてあれは、男と寝るということも含めた問いかけだったのか。

そんな慣習があるなら、あらかじめそう言っておいてほしかった。

でも、あの状況でそこまで説明しろというのも、無理な話ではあったかもしれない。

それに、生きて家族を養わなければいけないと言ったのは自分だ。彼としては純粋に善意から、組織への加入をすすめてくれたのかもしれないし……。

「まあしかし、それはあくまで昔のやり方だ。今の長である正親がそれを踏襲するかどうかはわからんし、何か別の方法でおまえさんを助けるすべを考えている可能性もある」

公親が言って、安心させるように続ける。

「それに正親は、今後どうなるにしても、おまえさんの意思を尊重するつもりだと言っていた。正親は相手が承諾していないことを無理強いするような男では絶対にない。あれの祖父として、それは保証しよう」

「公親さん……」

「組織の仕事に関しても、自分の目で見て、考えて、それから答えを出すほかない。自分で納得がいく答えをな。結局のところ、すべてはおまえさん次第なのだ」

「……俺次第、ですか……」

少し混乱してしまったが、それはそのとおりだと思うし、自分で決めるしかないだろう。番とか娶られるとか言われると、やはり戸惑ってしまうけれど――。

(これからどうやって生きていくのかを、考えないといけないんだな)

家族のために、なんとかして働かなくてはならないという現実。

そして新たに降りかかった、獣人になってしまったがゆえの問題。

どちらも逃れられないことなのだとしたら、どうにかして折り合いをつけなければならない。でも、その前に……。

(正親さんに、お礼を言いたいな)

命を救ってもらった礼を、正親にちゃんと伝えたい気がする。

そして魔獣退治の仕事についても、きちんと教えてもらいたい。

「月夜ノ森」で働くかどうかはともかく、まずは彼のもとを訪ねてみようか。

「……俺、やっぱり一度、正親さんに会ってみようと思います」

「そうか。やはり、それが一番かな」

公親がうなずき、茶を飲み干す。

「今の時期はさほど忙しくないはずだ。ひとまず、わしのほうから連絡しておくか」

「助かります。どうかよろしくお願いします」

陸斗は言って、公親に頭を下げた。


その二日後、陸斗は大狼家の一族が暮らす、山あいの町を訪ねることになった。

「ええと、『月夜ノ森ネイチャービレッジ』……、ここかな?」

電車とバスを乗り継ぎ、緩やかな山道を三十分ほど歩いて訪れた、「月夜ノ森」の新潟支部。正親が長をつとめる、大狼一族の活動拠点であるここは、表向きは研修・宿泊施設として設置されていた。

環境保護に関する企業研修や、教育関係の団体の合宿などに広く利用されていることになっているが、基本的には組織に関連する団体や人のみが、出入りを許されているとのことだった。

公親から正親に連絡を入れてもらったところ、今日のこの時間に来てほしいと言ってくれたので、陸斗は時間を合わせてやってきたのだ。

大きな門の端に通用口があり、警備員らしき人がいたので、声をかけようと近づくと。

「……嘉納、陸斗さんですね？」

「えっ！　は、はい」

「ああ、本当にいらしてくださったのですね！　親族一同、首を長くしてお待ち申し上げておりました！」

「そ、そうなんですか？」

「さあ、中にどうぞ！」

警備員は中高年男性で、とても愛想がよく、陸斗が来たことを喜んでいるのが伝わってくる。先に立って歩き出し、陸斗を大きな建物に連れていってくれるのだが、親族一同で待っていたと言われると、なんだか少し恐縮してしまう。

「おやまあ！　あんたが陸斗さんかね！」

「おお、よく来てくれましたなあ！」

「皆で待っていましたよ！」

時代劇に出てくるお屋敷のような、大きくて立派な日本家屋に招き入れられ、長い廊下を歩いていくと、途中の座敷に警備員の男性よりもさらに年上の、高齢の男女が十人ほどもいて、陸斗を歓迎してくれた。警備員の男性によれば、皆正親の親族らしいが、肝心の正親の姿は見えない。陸斗は少し不安になって訊いた。

「あ、あの、正親さんは……」

「それがなぁ、さっき国道の北の山に魔狼が出てのう」

「若いもんらと向かったばかりなんだわ。戻ってくるまで、あんたはここで茶でも飲んで待ってたらいい」

「……魔獣退治に行っているんですか？　こんな昼間から？」

思わず訊ねると、警備員の男性が答えた。

「ここらへんの山じゃ、昼夜問わず現れるんですよ。魔狼ども、やたらと活気づいてましてね」

「そうそう、十年くらい前にボスになった個体が、本州にいくつもあった群れを統一してね。どんどん勢力を拡大してるのよ。そのせいで、今までは魔狼がいなかった地域にまで現れて」

女性の一人が言って、陸斗を見つめる。

「あんたを襲ったのもそういう魔狼だったといわれているね。亡くなった人たちもいて、つらかっただろうね？」

「だがあんたは狼人として生まれ変わった。獣人というのは、昔から幸運をもたらす奇跡の存在だといわれているからのう。あんたがここに来てくれて、皆も、もちろん長も、心強く思っておるよ！」

「本当によかったよ。何せ、長とは年も近いしね！」

「そう、それさ！　先代が亡くなって長になってから長いのに、まるで女っ気もなかったが、こういう縁がめぐってきたってわけだ。めでたいことだよ！」

（……それって、もしかして……？）

どことなくワクワクとした顔つきでされる話の成り行きに、なんとなくひやりとする。

親族の人たちが陸斗の来訪をとても喜んでいるのはわかるのだが、これはもしかして、公親が言っていたようなことを期待しているのだろうか。

正親と番になるために、陸斗はここに来たのだと思われている……？

「あ、あの！　俺はまだ、こちらでお世話になるかどうかはわからないんです！　今日はただ、正親さんにご挨拶にうかがっただけなので……！」

やや逃げ腰になり、そう言って釘を刺そうとした、そのとき。

「誰か来てくれ！　負傷者の手当てを頼む！」

廊下の奥のほうから緊迫した声が届き、親族の女性が二人、はっとして部屋を出ていく。

声の主は、どうやら正親のようだった。陸斗が入ってきたのとは逆方向から、怒号のような声も聞こえてくる。誰かひどい怪我をしているのだろうか。

なんとなく心配になったので、陸斗も親族の人たちを追いかけて廊下に出た。

「……!」

血の臭いと、燻したような煙の臭い。それに、肉が腐ったような臭い。

嗅覚が鋭くなったせいか、それぞれ特徴的な臭いがごちゃ混ぜになって鼻腔に広がり、頭がくらくらしてくる。

だが、腐臭には覚えがある。間違いなく魔獣の臭いだ。

廊下を進むと、突き当たりには勝手口に通じる土間があった。まるで機動隊か特殊部隊のような黒いタクティカルスーツ風の格好の男性を、同じような黒ずくめの格好をした正親と先ほどの親族の女性たちが介抱している。

男性は血まみれで、とても苦しげな顔をしている。つらそうな様子に、こちらまで痛みを感じそうになるけれど。

(……なんだろう、この、不思議な匂い)

血と煙の臭いに混じって、ほんのかすかに甘い匂いがしてくる。

この男性が発している匂いなのだろうか。今まで嗅いだことのない匂いだが、妙に惹きつけられるような感覚があって……。

「陸斗。来てくれたんだな」

正親が不意に声をかけてきたから、はっと顔を見た。

すまなそうな表情をして、正親が言う。

「待たせて悪かった。会う約束をしていたのに、タイミング悪く魔獣が出てな」

「……いえ、それは、いいんですが……」

正親が血に濡れた日本刀を手にしていて、長身の体からは煙と魔獣の臭いがしてきたから、思わず目を見張った。

先日会ったときと変わらず穏やかで端整な顔つきだが、目の奥には何か不思議な輝きが覗いている。戦いによってなのか、かすかに気が高ぶっているのも感じる。

これはもしかしたら、獣人としての感覚を持ったからこそ察せられる気配なのだろうか。

正親がつい今さっきまで魔獣退治の現場にいたのだということがありありと感じられて、胃のあたりがぐっと重くなる。

「陸斗。きみはもう、獣人としての能力に目覚めているか？」

「ええと……、公親さんからは、そう言われていますが」

「じゃあ、一緒に来てくれないか」

「どこへです？」

「現場だよ。きみの力を借りたい。ぜひ協力してくれ」


自分などがなんの役に立つのだろうと聞き返す間もなく、陸斗は正親の運転する車に乗せられ、山奥へと連れていかれた。

いきなりの展開におののきつつも、先ほどの男性に怪我をさせた魔狼がまだ山に潜伏していると聞くと、放っておけない気がする。

でも、陸斗は戦闘訓練を受けているわけでも、刀を使えるわけでもない。足手まといにならないか不安ではある。

「ここで降りる。少し行くと仲間がいるが、俺たちは谷を迂回して反対側に行く」

舗装されていない山道の中ほどで車を止め、正親が林に足を踏み入れる。

あとについていくと、正親が言った方向に人が数人いる気配がしてきたが、徐々に例の煙の臭いがあたりに広がってきた。

道なき道を下り、それからまた上がっていくと、煙の臭いに混じって、かすかに肉が腐ったような臭いがしてくる。

正親が大きな木の陰に隠れるようにして立ち止まったので、陸斗は恐る恐る訊ねた。

「……あの、もしかしてものすごく近くに、魔狼がいるんじゃないですか？」

「臭いを感じるか？」

「はい」

「それは助かる。やはりきみを連れてきてよかったよ」

正親が言って、あたりを見回しながら続ける。

「実は魔狼の群れに、とても頭のいい個体がいてな。どうやってかはわからないが、俺たちをまくためにこの煙をたいたようなんだ。臭いが強くて、神獣の力をもってしても俺や仲間たちには魔狼たちの正確な位置がわからない」

「そうなんですか」

「だからきみの獣人としての能力を使って、だいたいでいいから場所を教えてほしい。あとは俺と仲間たちがやる」

「能力を、使う……？」

公親に獣の耳と尻尾の隠し方を教わったときに、獣人としての能力の使い方についても少し指導してもらった。

獣の耳と尻尾も含めて、自分の中の獣としての要素は、普段は体の奥のほうに鍵をかけて封印するみたいな感じでしまってある。能力を使うときは、その鍵を開けることで、己の中の獣を解放するのだと教えてもらった。

鍵を開けるときには、確か意識を集中して、感覚を研ぎ澄ます感じで……。

「……っ！」

頭と尾てい骨のあたりがむずむずするのを感じた次の瞬間、獣の耳と尻尾がぴょんと出てきたのがわかったので危うく叫びそうになった。

正親がうなずいて言う。

「力が解放されたな。どうかな。奴らの居場所がわかるか？」

「え、ええと……」

少し慌ててしまったけれど、嗅覚は先ほどよりも鋭くなったようで、臭いがしてくる方向がはっきりとわかるようになった。

煙がたかれているのは谷の上のほうだ。松明《たいまつ》のようなものを持つか何かして移動しているらしく、魔狼の臭いも同じところからしてくる。

「あの尾根の、大きな木……、あの裏側のあたりだと思います。何体か固まって、こちらの気配をうかがいながら、移動しているんじゃないかと」

「そうか。ありがとう、陸斗」

正親が言って、ひゅうっと指笛を吹く。

そのまま尾根に向かい始めたので、後ろからついていくと、谷の反対側からタクティカルスーツのような格好の人物が三人、こちらに平行して尾根の方向に上ってくるのがわかった。

やがて正親とほかの三人が音もなく刀を抜き、大きな木を挟むように近づいて……。

「……行くぞ！」

正親が鋭い声を発して木の向こうに飛び出した瞬間、反対側の三人もさっと駆け出した。

ざく、ざく、と刀が振るわれた音がして、一つ二つ、小さなうめき声が聞こえる。

あれはもしや魔獣の断末魔なのだろうか。緊張しながらそう思っていると、ややあって正親が、三人の仲間を引き連れて木の陰からこちらにやってきた。

「あ……、この方が、狼人の……？」

三人のうちの一人が正親に訊ねたので、陸斗は慌てて会釈をした。

正親がうなずいて答える。

「ああ、そうだ。きみのおかげでなんとか全部仕留められたよ、陸斗。もう一度礼を言わせてくれ」

「いえ、そんな。でも、お役に立ててよかったです」

「念のために訊くが、魔獣の臭いは、もうしないかな？」

正親に確認するように訊ねられたので、あたりの様子をうかがう。

もう臭いはしない。陸斗はうなずいて言った。

「しません。近くには、もういないと思います」

「そうか。やれやれ、まったく手を焼かされた！　どうやら今回も、ボスは逃げ延びて――」

正親の言葉の途中で、どうしてかぐるりと景色が回転し、青空が目の前に広がった。

慌てて名を呼びかける正親の声を遠くに聞きながら、陸斗は意識を手放していた。


陸斗の傍で、しゅう、しゅう、とかすかな息づかいが聞こえる。

それは人間の呼吸の音ではなく、犬や猫のものに近い。

もしや近くに動物がいるのだろうか……？

「……っ！」

ぼんやりと目を開けた途端、顔の周りを猛獣三頭が取り囲み、じっと覗き込んでいるのが目に入ったから、危うく悲鳴を上げそうになった。

縞模様の虎のような獣と、豹か牝ライオンのような獣、もう一頭には白地に黒いぶち模様がある。噛みつかれるのではとおののいて、瞬きもせずに固まっていたら、やがて一頭ずつのそりと離れて遠ざかっていった。

震えながら目を動かすと、そこは落ち着いた和室で、陸斗は畳の上に敷かれた布団に横たわっていた。

獣たちはそのまま、開け放たれた障子の間から部屋の外に出て、広縁を歩き去っていく。

いったいこれはどんな悪夢なのか……。

「……ああ、気がついたか？」

「正親、さん……」

獣たちと入れ違いに、正親が部屋に入ってきた。

こちらにやってきながら、正親が言う。

「ここは俺の屋敷だ。あの子たちは、今我が家で預かっている幼獣たちだよ」

「幼獣なんですか？　あの迫力でっ？」

「ああ。ユキヒョウとアムールトラとピューマの子供だ。行儀よくするようちゃんと言い聞かせてあるし、人を襲ったりはしないので気にしないでくれ」

言い聞かせるなんて、動物相手にそんなことができるのだろうかと疑問だが、正親はことなげな様子で、陸斗の傍らに座った。

「それよりも、まだ獣人の力を使うのに慣れていないのに、いきなり現場に連れ出して悪かったな。気を失ってしまうとは思わなかった」

「あ……、気絶したんですね、俺」

「そうだ。今の気分はどうだ？」

気づかわしげに問いかけられたが、特に悪い気分ではなかった。でも、体の奥のほうがなんとなく熱くて、脈も速いような気がする。耳の中でドクドクと音がしていて……。

「気分は、悪くはないんですけど……、あれ？　もしかしてまだ、耳が……？」

頭を触ったら、獣の耳がまだピンと立っていた。

ゆっくりと起き上がってみると、尻尾もまだ生えたままだ。

なぜかこちらの様子をまじまじと見て、正親が注意深く訊いてくる。

「……陸斗。今、人の姿に戻れるか？」

「え……。はい、たぶん」

正親に答えて、獣の耳と尻尾を収めようとしてみたけれど、どうしてか上手くいかない。

そうこうしているうちに体がどんどん熱っぽくなって、はあはあと息も荒くなってきた。

もしや風邪でもひいてしまったのかと思ったけれど。

（……風邪じゃ、ない……、これ、何……？）

身が火照って、体芯がジンジンと疼いてくるこの感じは、いわゆる体調の悪さとは違うものだ。どこも具合は悪くないけれど、体の中がざわざわと落ち着かず、肌はチリチリと過敏になっていて、衣服がこすれるだけでビクリとしてしまう。

自分がどういう状態なのかわからず、頼りなく正親を見つめると、彼がかすかに眉根を寄せた。

「……ああ、これがきみの匂いか」

「匂い？」

「獣臭というのとも違うのだが、今、きみの体は獣になろうとしていて、独特の野性的な匂いを発しているんだよ」

「獣に、なろうとしている……？」

正親の言葉の意味がわからず、首をかしげる。

その間にも体はどんどん熱くなってきて、視界がかすかに桃色になった。

そればかりでなく、下腹部のあたりが妙な感じにヒクヒクしてきて、あろうことか欲望が勃ち上がりそうになる。

頬がカッとなるのを感じていると、正親がうなずいて言った。

「発作みたいなものさ。獣人であるきみの体は、人と獣の不安定なバランスのもとに成り立っている。だから獣の能力を使うと、そのバランスが獣のほうに傾いて、体が興奮状態に陥るんだ」

「……興奮、ていうか、これってつ……」

「性的な昂りに似ているんだろう？　きみのそこも、反応しているな」

「っ！」

ふくらんだ下腹部にちらりと目を向けられたから、慌てて両手で覆い隠す。

同情するような目をして、正親が続ける。

「その状態になると、じきにまともな思考が働かなくなる。獣人独特の匂いが強くなれば、俺のように神獣の血を引く人間や、ときに魔獣の欲情までも煽ってしまう。つまりまあ、大変由々しき事態というわけだ。だから早々に、人間に戻してやらないといけない」

「人間に……？」

（それって……）

確か公親が、同じようなことを言っていた。

獣人が時折獣に近づいてしまうこと。人間に戻すには、神獣の血を受け継ぐ一族の長によって、獣の血を静めてもらわなければならないこと。

そしてその方法は――――。

「……そ、そんなっ！　無理ですっ！」

「陸斗？」

「だって俺は男でっ……、ていうか女性だったとしても、そんなの絶対無理ですっ！」

「……いや、ちょっと待て。きみは何を言って……？」

「俺、まだ女の子だって知らないのにぃっ！」

すっかり混乱してしまい、布団から這い出て逃げようとしたが、手足に力が入らず生まれたての子馬みたいにプルプルしながら身悶える。正親が困ったように言う。

「落ち着いてくれ、陸斗。きみは何か勘違いをしているぞ？」

「ひゃんっ！」

震える体をそっと抱き支えられ、ビクンと腰が跳ねた。

ちょっと触られただけで妙な声を上げてしまうほど、体が敏感になっているようだ。

もう完全に自分では制御不能な状態になっていることをまざまざと感じ、泣き出しそうになる。なんとかしてもらわないと、このままでは本当に人間ではなくなってしまうかもしれない。

でも、だからといってそのために、彼に抱かれるなんて――――！

「……陸斗。もしかしてきみ、おじい様か一族の皆から、何か言われたのか？」

正親が陸斗の体を抱いたまま、探るように訊いてくる。

「獣人は一族の長に抱かれないといけないとか、あるいは眷属にさせられるとか……、そんな話を聞かされた？」

まさにそのままの言葉に、思わず正親の顔を凝視する。陸斗はおずおずと言った。

「……はい……。違うんですか？」

「違うよ。それは昔の長がとった古いやり方だ。俺はそんな野蛮なことはしない」

正親が言って、陸斗を布団の上に座らせる。

まだ半信半疑で、半ば怯えながら正親の顔を見ていると、彼が胸ポケットに手をやり、何か取り出した。それは折り畳み式のナイフで、目の前で刃を出したと思ったら、彼の左の人さし指の腹に切っ先をそっと押し当てたから、陸斗は驚いて目を丸くした。

「まあ、これはこれで野蛮なやり方と言えなくもないが、嫌がる相手を無理やり番にするなんて人倫にもとる行いだし、こっちのほうがずっと手軽なのも確かだ。ほら、見てごらん」

こちらに差し出された、正親の人さし指の腹には、直径数ミリの血の滴がのっている。

なぜかとても心を惹きつけられる、美しいルビー色。丸く盛り上がった血の滴からは、何やら甘美な匂いが漂ってくる。

先ほど陸斗が正親の親族たちといたところに運び込まれてきた、怪我をした男性からも、甘い匂いを感じたが、正親の血はそれよりも何倍も濃い匂いだ。知らず胸が高鳴るのを感じて戸惑っていると、正親が意味ありげな笑みを見せて訊いてきた。

「……どうかな。何か感じるか？」

「いい、匂いがします、すごく。それになんだか、とっても綺麗で……」

そういう自分の声が、どうしてだかとても甘く耳に届いたから、自分でもドキドキしてしまう。正親がふふ、と小さく笑う。

「とても素直な反応だ。これがきみにとって気持ちのいいものであることを、ちゃんと感じているんだな」

「気持ちの、いいもの？」

正親の言い方には少しもいやらしい響きはなかったが、どこか官能的な感覚を呼び覚ます言葉に、獣の耳がピクリと動く。それはいったい、どんな気持ちよさなのか……？

「父が亡くなって、一族の長になったとき、俺は『月夜守』としてはまだ未熟だったが、学生の身分でもあった。いい機会だと思って大学の図書館に入り浸って、民俗学や伝承の本を読んだり、伝説に詳しい学者にも話を聞いたりして、自分たちみたいな神獣の血族のことを客観的に調べてみたんだ」

血の滴を眺めて、正親が告げる。

「そうしているうちに、獣人を人に戻すためには、体を交わらせなくてもこれで代用できるはずだと確信したんだ。騙されたと思って、舐めてごらん」

「えっ、血を、ですか……？」

思いがけない言葉に、目を見開いた。

血といえば鉄の味、できればあまり口にはしたくないものだ。

けれど目の前の血の滴からはいい匂いがして、鼻腔を撫でられるみたいな感じがする。

陸斗は誘われるように顔を近づけ、正親の指先をそっと舐めた。

「――――っ！」

舌が滴をすくい取った瞬間、まるで雷が落ちたような衝撃が全身を駆け抜けた。

口腔に広がる甘美な香りと、信じられないほどの芳醇な味わい。

今までに口にしたどんなものよりも甘露で、舌が蕩けてしまいそうだ。

コクリと飲み込むと、喉から胸、腹まで、何か温かいものが移動していく感覚があり、次いで体の真ん中から全身に広がって、手足の末端がぽかぽかと温かくなってきた。

ジンジンと熱く疼いていた体からは徐々に力が抜けてきて、何やら恍惚とした気分になってくる。

「目がとろんとしてきたな。まるで酔っ払ったみたいだ」

陸斗の様子を眺めて、正親が言う。

確かに、今の感じは美味い酒を飲んで酔った感覚に近いのかもしれない。

上体をふらふらと揺らしていると、正親が頭にそっと手を添えて、体を布団に寝かせてくれた。そのまま優しく髪を撫でられ、思わず目を細める。

(……気持ちが、いい……)

正親の手は大きく、ふっくらとしている。頭を撫でられているだけでうっとりと幸福な気分になってきて、ほうっとため息まで洩れてしまう。

「思ったとおりだ。きみの中で滾っていた獣の血が、静まってきた。必要なのは体の交わりじゃなくて、俺の中の神獣の力なんだってことが、これで証明されたな」

正親が静かに言って、獣の耳にそっと触れる。

「神獣の血を受け継ぐ俺には、『獣馴らし』という能力があってな。その力があればこそ、獣のほうにバランスが傾いた獣人を人間に戻せるわけなんだが、このとおり血の一滴もあればこと足りるし、こうやって手で撫でるだけでも効果がある。だから、陸斗。何も心配はいらないぞ？」

「正親、さん……」

「このまま寝て、明日の朝に目が覚めたら、きみはちゃんと人に戻っている。俺を信じてぐっすり眠るんだ」

優しく穏やかな声音に、心までも静まっていく。

正親と出会ってまだ間がないから、その人となりも考え方もまだよくは知らない。

でも陸斗の中の獣の血は、今とても穏やかに眠りに就こうとしている。この人は信頼できると、獣の本能で感じ取ったかのようだ。

温かな手の感触に、次第にうつらうつらしてきて……。

「……おやすみ、陸斗。よい夢を」

正親の声に、瞼が落ちる。陸斗はそのまま、すっと眠りに落ちていた。


しゅ、しゅ、と空気が揺れる音がする。

もしやまた猛獣に囲まれているのかとひやりとして、陸斗ははっと目を覚ました。

和室の天井が目に入ったが、薄暗い。閉じた障子の向こうはうっすら明るくなっているようだが、今は何時なのだろう。

ゆっくりと起き上がると、とても気分がすっきりしているのを感じた。

頭を触ってみるともう獣の耳はなく、尻尾も隠れている。正親が言ったとおり、人に戻ったということか。

なんとなくほっとしていると、またしゅ、しゅ、と音がした。

どうやらこれは人の息づかいのようだ。障子の向こうから聞こえてくる。

陸斗はもぞもぞと布団から起き出し、障子に近づいてそっと開いた。

「……あ……」

「やあ、おはよう陸斗。よく眠っていたな」

広縁の向こう、芝生が美しい庭に正親がいて、こちらを振り返って声をかけてきた。

手には木刀を持っていて、トレーニングウエアを着ている。刀の稽古でもしていたのか。

「ちゃんと人に戻れたな。よかった」

正親が言って、縁側にやってくる。

広縁の端に、タオルとスポーツドリンクのロゴがついたステンレスボトルが置いてあったので、さっと近づいて手渡すと、正親が会釈をして受け取り、タオルで額の汗を拭いた。

それからボトルのふたをポンと開けて、飲み口からじかにごくごくと飲む。

うっすら汗が浮いた喉が大きく上下する様子に、なぜだかドキリとしてしまう。

（……正親さん、なんだかいい匂いがする……？）

正親が傍に来た途端、ふわりと花のような匂いが漂ってきた。

今までそんなふうに感じたことはなかったので、化粧品か何かの匂いかと思ったが、どうやら人工的に作られた匂いのようではなかった。

彼自身が発する、彼の匂い。しっとりと落ち着きのある、とても親しみを感じる匂いだ。

彼の血の匂いに少し似ている気もするし、それを心地よいと感じるのは、昨日彼の血を舐めたことが影響しているのだろうか。鼻腔に広がる匂いに一瞬気を取られていると、正親がボトルを置いて部屋に上がってきた。

「ちょうどいい。きみに渡したいものがあるんだ」

「渡したいもの……？」

なんだろうと思っていると、正親が部屋の奥のタンスに近づき、引き出しから平らな木の箱を取り出した。それをこちらに持ってきて、正親が言う。

「これは獣人にとって必須のものなんだ。おじい様のところから戻ってすぐに職人に注文して、二日ほど前に出来上がってきた。見てごらん」

正親が箱のふたを開けると、中には青や緑の美しい石と、艶やかな勾玉をあしらった組み紐の首飾りが収まっていた。

「これは……？」

「獣の能力の解放を抑制するための、いわばストッパーだ。これをつけていると、体が獣化してしまうのもある程度抑えることができる。昨日みたいにいい匂いを振りまいてしまうこともないし、きみ自身の感覚もある程度鈍化してくれるから、五感の鋭敏さに疲れを感じたりすることなく楽に過ごせるはずだ」

正親が言いながら、首飾りを陸斗の首につけてくれる。

何か変化があるだろうか……？

「……あ……、匂い、しなくなった」

「？　なんの匂いだ？」

「正親さんの匂いです。昨日の血に似た匂いがしていたんですけど」

陸斗の言葉に、正親がああ、とうなずいた。

「嗅覚が抑えられたからだろう。でも、人が普段感じている程度の感覚は残っているはずだから、生活に支障はないと思う。首飾りは基本的には工芸品だから、劣化や破損の心配はあるが、やりようによっては元の生活に戻ることもできる。元々はそのために作られたものだったんだ」

正親が言って、ためらいながらも続ける。

「ただ、今のきみをすぐに元の生活に戻すのは不安だな。獣人として生きていくのがどういう感じか、もう少し時間をかけて知ってほしいし、俺としても見守りたいと思っているんだ。だからよかったら、もう少しここにいてほしいと俺は考えている。でもきみは……」

「そう言っていただけるのはありがたいです。できれば俺のほうから、お願いしたいって思ってました」

「そうなのか？　でも昨日は、きみはかなり不安そうだったが」

「公親さんから番についての話を聞いたときは正直驚きましたし、昨日もちょっと取り乱しちゃいましたけど……、それについては昔の慣習だったんだって、もうわかりましたから」

いくらか頬を熱くしながらそう言うと、正親が瞠目してこちらを見た。

体の交わりが必要だと聞いておののいていたが、血の一滴で代用できると聞かされて、陸斗は正直かなり安心したのだ。組織の仕事には興味があるし、話も聞いてみたい。

それにここを訪ねることにした一番の理由を、まだ彼に伝えていない。

陸斗は正親の顔を見つめて言った。

「俺がこちらに来たのは、まずは助けていただいたお礼を伝えたかったからなんです」

「お礼って……、俺にか？　俺は礼を言われるようなことは何も……」

「でも、あなたが魔獣を斬ってくれなかったら、俺はあのまま死んでいたわけですし。俺はあなたに命を助けてもらったんだと思っています。ありがとうございます、正親さん」

そう言って頭を下げると、正親は少し困ったような顔をしながらも、薄く笑みを浮かべた。

「……改めてそう言われると、なんだか恐縮してしまうな。でもきみが生き延びてくれて、俺も心から嬉しいと思っているよ。だからこそ、きみに組織に加入することをすすめたわけだしな」

「そのことについても、ご相談したくて来ました。あの、できれば少しの間、『月夜ノ森』で見習いをさせてもらえませんか？」

「見習いを？」

「はい。俺に何ができるかはわからないですが、この先のことは、魔獣や組織の活動をちゃんと知ってから決めたいと思うんです。だから……」

「もちろん歓迎するとも、陸斗。きみがそう考えてくれたなら、これほどありがたいことはないからな」

正親が笑みを見せて言って、うなずいて告げる。

「じゃあ、こうしたらどうかな。この家の一室を貸すから、きみはそこに住んで、俺の助手として魔獣退治の現場に一緒についてくるというのは？」

「このおうちに？　いいんですか？」

「ああ、ぜひそうしてくれ」

そう言って正親がにこりと微笑む。

「そろそろ日が昇ってきた。まずは朝食を食べようか。それから、今後のことを一緒に考えよう」


そんなふうにして、陸斗は大狼一族の長である正親の家に身を寄せることになった。

「月夜ノ森」新潟支部の敷地にある、正親の屋敷に間借りをして、正親の助手として、一族のほかの「月夜守」たちとともに魔獣退治の現場についていくのは、会社の寮に住んで毎日職場に行くのとそれほど変わらない生活だった。

鋭くなった聴覚や嗅覚を生かせる場以外で、自分にできることなどあるのだろうかと最初は思っていたが、魔獣退治のつとめには、刀を振るって魔獣を斬るほかにもやることがたくさんあった。

正親の親族たちは、刀や武器の手入れや調整、タクティカルスーツなど防具の修繕・改良、負傷者の手当てやマッサージなど、裏方として様々な仕事を担っていて、陸斗はそれらの仕事の基本的なところを、まずは教えてもらっている。

さらに、車の免許を持っているので、日々現場に行く「月夜守」たちや武器などを運ぶ車の運転手も任されている。

就職に役立つ資格がまずは生かせるというのも、今までの生活の延長のようだ。

山中でしばし滞在することになった場合には、火をたいてコーヒーを淹れたり、スープなどの軽食を作ったりして、待機中の「月夜守」のサポートもしていた。

「……ふむ、やはり魔獣の気配はないな。きみは何か感じるか、陸斗？」

長野県のとある山中。野生動物が作った獣道を歩いて見回りながら、正親が訊いてくる。

陸斗はもう、かれこれ小一時間ほど正親と並んで歩いているが、魔獣の気配は感じない。

小首をかしげて、陸斗は答えた。

「何も感じません。どこかに移動してしまったんでしょうか？」

「それはそれで困るな。別の地域に危険が及ぶのは避けたいし、二度手間になるのも面倒だ。なんとか見つけ出して仕留めたいが……、じきに日没か」

正親がぼやくように言って、木々の間から覗く空を見上げる。

まだ明るい空に、白い月が見える。

(今日は、野営になるのかな?)

通常、こうやって出動するのは、組織の協力者の一般人から魔獣が出たと通報を受けたときで、今日は目撃情報があったのでやってきたのだった。

新潟支部は狼の神獣の血を引く大狼一族が運営しており、東北や、新潟、長野、山梨あたりを中心に魔獣退治に出かけていく。

魔狼の出現率が高い地域ではあるが、熊や狐、猪の魔獣などであっても、基本的には皆同じように、日本刀を使って一刀両断する。魔狼だけを狩るわけではなく、どんな魔獣でも退治するのだ。

しかし、やはりそれぞれの獣に対応する神獣の血を引く一族が、もっとも的確にその魔獣を殲滅することができるので、一応の専門性はある。

大狼一族がここ数年追いかけているのは、「リキ」と名付けられた魔狼の個体だった。

正親を訪ねた日に陸斗が親族の女性から聞いた、いくつかの群れを統一した強いボスというのはその個体のことで、リキが出現した頃から、魔狼の目撃情報はかなり広範囲に広がっている。先日の煙をたいた個体のように、やたらと知能の高い魔狼も増え、群れとしての統率もとれているためか、苦戦させられることも多い。

それで、とにかくボスであるリキを見つけて退治すべく、懸命に足跡を追っているとのことだが、何しろ逃げるのが上手く、手を焼いているようだった。

陸斗の予想どおり、正親が告げる。

「これは早々に野営の準備をしたほうがいいな。一度車に戻って少し移動して、どこかよさそうな場所にテントを張ろう」

「了解です」

野営となれば食事の支度をすることになる。移動したらすぐに火をおこして、まずは湯を沸かそう。車に戻りながらあれこれ考えていると。

「……？」

デニムのポケットに入れておいた携帯電話がブルッと震えたので、取り出して見てみると、佳奈からの通話だった。

祖母と佳奈には、今は環境保護団体で見習いとして働いていて、仕事で日々あちこち駆け回っていると伝えてある。見回り中だし、切ろうとしたが、正親がこちらに手を向けてどうぞ出て、と言ってくれたので、陸斗は歩きながら電話に出た。

『あ、お兄ちゃん？　今ちょっといい？』

「うん。どした？」

『あのね、私、リレーの代表に選ばれたの！』

「ほんとか！　よかったなぁ！」

陸斗が高校陸上で短距離競走の選手をやっていた頃、佳奈は中学で長距離競走を頑張っていた。

高校に入ってから妹も短距離競走に転向したのだが、最近徐々に記録が伸びていたのだ。

高校そのものはインターハイ常連というようなレベルではなかったが、それでも部内でリレーの代表に選ばれるというのは速さの証明なので、とても嬉しいことだ。

「県大会もうすぐだよな？　見に行けるか、ちょっと微妙かもなんだけど」

『お仕事大変なんでしょ？　無理しなくてもいいよ。でも、もし関東大会とかまで行けたら……』

「応援しに行く、絶対！」

『ありがとー。私、頑張るね！　それじゃ、友達待ってるから』

「おう、頑張れ！　またな」

通話が切れても、なんだか嬉しくて気持ちが沸き立ってしまう。

喜びが顔に出ているのか、正親が言う。

「すごくいい笑顔だな。何かいいことがあったのか?」

「はい。妹が、部活で大会の選手に選ばれたって」

「そうだったのか。そういえば、きみも陸上をやっていたと教えてくれたな?」

「ええ。よく自分のことのように嬉しいっていいますけど、自分が選ばれたときよりずっと嬉しいかもしれません」

「ふふ。家族思いな陸斗らしいな」

昔は自分を家族思いだと思ってはいなかったが、今は確かにそうかもしれない。祖母と妹の健やかな暮らしのためなら、どんなことでもしたいと思う。

亡くなった両親もそうだったが、陸上を頑張りたいという自分の夢を支えてもらってきたから、恩を返したい気持ちがあるのだ。

「昔は、俺にも夢とかいろいろあったんです。でも今は、家族が生きがいみたいなものなんですよ」

「そうなのか? でも、夢ならまた持てるじゃないか。新しい夢を」

「新しい夢、ですか?」

高校をやめてから、誰かにそんなふうに言われたのは初めてだ。正親がうなずいて言う。

「そうさ。別に大きなことでなくていい。自分はこの先何をして、どんなことを楽しんで生きていこうかな、とか、そんなささやかな希望でも、なんでも夢だと俺は思ってる」

「ささやかな希望でも、ですか」

今まで、そういうふうに考えたことがなかったので、なんとなく新鮮な気持ちになる。

ああなりたいとかこうなりたいとか、結果を出したいとか、目標がはっきりしているものだけを夢と呼ぶのではないかと、そう思っていたのだ。

佳奈が陸上で結果を出すことはもちろん嬉しいし、応援もしたいが、自分はやめてしまったし、夢を持つこと自体もういいかなと、そんな気持ちになっていたのだけれど。

「ちなみに、俺の今の夢はな。きみが狼人としての暮らしに慣れて、日々に楽しみを見いだしてくれることとさ。それを支えたいというのも、夢の一つかな」

(正親さん……、そんなふうに……？)

狼の一族の長としての、責任感なのだろうか。それとも人としての親切心なのか。

前向きな言葉をかけてもらったばかりでなく、支えたいと言ってもらえるなんて、こんなにも心強いことはない。獣人になってから日が浅く、まだ慣れないことは多いが、正親の傍にいればきっと大丈夫だろうと、安心感を覚える。

今はまだ見習いだが、もしも正式に「月夜ノ森」で働くことになっても、なんとかやっていけそうな気がする。

「あ、おかえりなさい、正親さん」

「陸斗さんも、お疲れさまです！」

山道からややそれた、渓流沿いの開けた場所に止めた車まで戻ると、二人の青年が出迎えてくれた。

正親の又従弟に当たる、武志《たけし》と孝介《こうすけ》だ。二人とも「月夜守」として働いていて、二十歳そこそこながらすでに五年ほどの実戦経験があり、正親も信頼を置いている。

キャンプ用のテーブルに地図を広げ、タブレットを見ながら何か書きつけていた二人のうち、短髪で長身の武志が、正親に訊いてくる。

「魔狼、見つからなかったんすね？」

「ああ。近くを通った形跡もなかったな」

「ドローンでも調べてみましたけど、やっぱりこのあたりには魔狼はいないようですねえ」

やや小柄で眼鏡をかけた、文学青年のような雰囲気の孝介が、残念そうに言う。

ドローンを使って魔獣の動きを探るというのは、彼が独自に試し始めたやり方だそうだ。今度仕組みを教えてくれるそうなので、陸斗は密かに楽しみにしている。

正親が地図を眺めて言う。

「ここからもう少し北に移動して、野営の準備をしよう。今日はもう月が半月を過ぎているから、急いだほうがよさそうだ」

「了解っす」

「わかりました」

武志と孝介が答えて、さっとテーブルを片づけ始める。

車を動かそうと向かいながら、陸斗は訊いた。

「正親さん、半月を過ぎた月って、なんの話ですか？」

「すぐにわかる。まずは移動だ」

そう言って正親が、助手席に乗り込む。

何が起こるのだろうといぶかりながら、陸斗も運転席のドアを開けた。


正親の言葉の意味は、車を運転し始めてじきにわかった。

日が暮れてきて、空に半月よりも少し丸みを帯びた月がはっきりと見え始めると、陸斗は妙な気の高ぶりを感じ出した。

先ほどの場所から十キロくらい移動し、テントを張るのにちょうどよさそうな空き地を見つけて車を止め、野営の準備をしている間に、それははっきり獣化の兆候だとわかった。

明るい月光を浴びると、体の中で血がざあざあと流れている音が聞こえるのだ。

武志と孝介を先頭に、正親、陸斗と順に並んで林の中に分け入って、野生動物がまぶしくない程度の小さな明かりを頼りに魔狼の気配を探り始めてからは、体が火照ってくる感覚もあった。

勾玉の首飾りはしっかりとつけているのに――。

「そろそろ気が高ぶってきたかな、陸斗？」

前を歩く正親が、ちらりとこちらを振り返って訊いてくる。

陸斗の変化は、はたから見てもわかるのだろうか。

「あ……、はい。もしかして、これが正親さんがさっき言ってた……？」

「ああ。月の影響で、きみの体を流れる獣の血が騒いでいるんだ。いつもより感覚が鋭くなっていないか？」

「……そう言われてみると……、小さな音がよく聞こえるように感じます。風の匂いも……、あと、いつもよりも暗いところが鮮明に見えるような」

「月光によって興奮して、感覚も研ぎ澄まされているんだよ」

正親が言って、月を見上げる。

「月夜の晩に高ぶるというのは、神獣の血を引く俺にも多少起こることだ。ごく自然な現象だが、獣人のきみにはより強く起こる」

「そうなんですね。でも、それってなんかちょっと……」

「ふふ、おとぎ話の『狼男』みたいか？」

おどけたように正親が言う。

「実際、魔獣も同じようになるから、これから満月を経て下弦の月あたりまでの間は、奴らも夜間の活動が活発になるんだ。この時期は特に、きみがいてくれると心強いよ」

(そういうことだったのか)

なんとも不思議な話だし、本当におとぎ話のようでもある。

でも心強い言ってもらえると、魔獣退治で自分も役に立つのだと感じて嬉しい気持ちになる。陸斗は耳を澄まし、あたりをよく見回しながら正親について歩いた。

するとしばらく進んだところで、奇妙な臭いがしてきた。

魔獣の腐臭とも、ほかの野生動物の臭いともどこか違う、初めて嗅ぐ臭い。

これはいったい……。

「……！」

一瞬歩みを止めて、臭いが漂ってくる方向を確認していたら、目の端を何かがビュンと駆け抜けた。

小動物だろうか。注意深く臭いのもとをたどる。小動物が駆けていったほうから漂ってきていたので、追いかけるように道をそれて林の中を進むと、やがて下草だけが生えた少し開けた場所に出た。

明かりは月光だけだが、獣人となった今の陸斗には、景色が赤外線カメラの映像のように見える。下草が動いていく先を目で追ったら、陸斗の十メートルほど先に小動物がぴょこっと顔を出した。

(あれは……)

小さな頭につぶらな二つの目。可愛らしい姿に、知らず笑みが洩れた。

実物を見たことがないので合っているかはわからないものの、狸のように見える。野生動物の習性としてこちらを警戒しているようだが、興味を持っているのもなんとなく感じる。

陸斗が普通の人間ではなく、獣人であることが、動物にもわかるのだろうか。

互いに身動きもせず、しばし見つめ合っていると、不意に風が吹いてきた。

「っ……？」

ざあ、と木々が揺れたと同時に、かすかな異臭が鼻腔に広がったから、陸斗はビクリと身を震わせた。

狸が顔を出している下草の向こうの、鬱蒼《うっそう》とした林の中。闇が深く、月夜での鋭くなった視覚をもってしても何一つ見えないが、ひどくまがまがしい気配を感じる。

何者か確認したくて、木々の間の闇を凝視していると、狸がいきなりものすごい速さで逃げ出した。どうやら狸も、異様な気配に気づいたようだ。

野生動物の判断力に従って、自分も今すぐ逃げたほうがいい。

頭ではそう感じるのだが、身がすくんで動けない。

硬直した体に冷たい汗がにじむのを感じ、このまま突っ立っているのはとても危険なのではないかとおののいていると、また風がひゅう、と吹いた。

（っ！　この、臭いは……っ）

今度ははっきりと腐臭が漂ってきた。

獣の種類はわからないが、間違いなく魔獣の臭いだ。

だが、今まで遭遇した魔獣とはなんとなく様子の違う個体のように思える。

まとっている魔の気が桁違いに強く、じっと林に潜んだまま、なんらかの意思を持って鋭い目でこちらをにらんでいるように感じられるのだ。

獣人としての直感ではあるが、おそらくはかなり高い知性を持った個体ではないか。

群れの中でも地位の高い、リーダーのような立場の――。

「……陸斗。そんなところにいたのか」

「っ！」

正親の声に、はっと振り返る。

まったく危機感のない、からかうような口調で、正親が訊いてくる。

「きみは、わかりやすい道でも迷子になるタイプか？」

「正親さんっ！　そこに、魔獣がっ……！」

危険を伝えようと林のほうに向き直ったが、そこにはもう魔獣の気配は感じられなかった。まさかこの一瞬で、消えてしまったのか。

「……魔獣がいたんだな？」

陸斗の言葉を信じてくれたのか、正親が日本刀の柄に手を添え、あたりを警戒しながら訊いてくる。でも、もうここには腐臭の残り香さえもない。

「いた、と思ったんですけど……、もう、いなくなってしまったみたいです」

「魔狼だったか？」

「それが、よくわからなかったんです。今まで出会った魔獣とはちょっと感じが違う奴でした」

「違うというのは、どんなふうに？」

「上手く言えないんですけど、頭がよさそうっていうか。俺のことをじっと観察しているみたいな感じでした」

「観察……。そうか」

正親が何か考えるようにしばし黙り込む。

それから、道のほうに戻るよう手でうながしながら言う。

「とりあえず、ここには魔獣の気配はないようだ。先に行った武志たちと合流しようか」

「はい。はぐれてしまって、すみませ……」

道に戻りながら、単独行動を謝ろうとした、そのとき。

背筋がぞわっとするような感覚に襲われ、小さくうめきそうになった。

林の奥から、何者かがこちらに近づいてくる。

一つではなく複数の、荒々しい足音。これはもしかして、魔獣の群れでは……？

「魔獣が、来ます……、それも、たくさん！」

「たくさん？」

正親が足を止め、素早く抜刀する。陸斗をかばうようにしながら、短く訊いてくる。

「方向と、数は？」

「たぶん、あの林の奥のほうだと。でも数までは……！」

「できる限り正確に確認してほしい。首の、外すぞ？」

正親が陸斗の首に触れ、勾玉の首飾りを外す。

力を解放するまでもなく、それだけで五感がさらに鋭敏になり、獣の耳と尻尾も勝手に飛び出てきた。月光の力もあるのか、いつもよりも世界が鮮明に見え、様々な音や匂いが感じられる。林の奥に注意を向け、集中して音を聞くと……。

「……十体以上、いるかもしれません！」

「多いな」

「もしかして、さっき俺を見てた魔獣の仲間かもしれません。でも、全部がこっちに向かってきているわけではないです。追い立てられているみたいに、あちこちに散らばってて……！」

「追い立てられて？」

正親が怪訝そうに言う。

するとどこからか、思いがけず人の声が聞こえてきた。言葉ははっきりとは聞こえないが、誰かに何事かを命じているような……。

「……なるほど、そういうことか」

正親が得心したように言って、口元に手をやり、ピーッとよく通る音で指笛を吹く。

彼が何を納得したのかはわからないが、ややあって、魔獣が二体、こちらに移動してくるのがわかった。

「来ます！」

短く叫ぶと、重い足音がして、魔獣の腐臭が漂ってきた。

正親が日本刀を構えながら、勢いよく林のほうに駆け出す。

「……！」

魔獣が林から姿を現した瞬間、正親の刀がきらりと二回光って、ざく、ざく、という音とともに魔獣が真っ二つになった。いつもながら、鮮やかな刀さばきだ。

正親がそのまま林の中に踏み込んでいったので、追いかけながら魔獣の死骸を確認する。

(これは……、熊っ？)

熊の魔獣は初めて見たから、干からびていく間、思わずじっと観察してしまう。

魔熊《まゆう》は近年とても増えていて、出現範囲も広いらしい。

臭いは魔狼とそれほど変わらないが、先ほど遭遇した魔獣の臭いとは、なんとなく違う気がする。あれはなんだったのだろう。

よくわからないまま正親を追いかけていくと、彼がやや高台になっている視界が開けたところで立ち止まり、下を見下ろして言った。

「やはり熊野《ゆや》の若い衆か。沢に群れを追いつめたようだな」

「……？」

正親の横に並んで陸斗も下を見ると、十体ほどの魔熊の群れと、それを追い立てる刀を持った人間たちが七、八人見えた。

「あの人たちは……？」

「熊の血を引く熊野家の一族だよ。手は足りているみたいだが、一応加勢しよう。下がっていろ、陸斗」

正親が言って、刀を構えると、沢から二体の魔熊が「月夜守」たちを逃れて駆け上がってくるのが見えた。

自分に任せるようにと伝えるためか、正親が沢にいる「月夜守」たちに手を上げ、刀を構えたので、陸斗はさっと後ろに下がった。

「……はっ！」

気合の入った声とともに、正親の手によって二体の魔熊が流れるように仕留められる。

さらに魔熊が沢を上がってくる気配に、一人で大丈夫だろうかと思っていると、先ほどの指笛を聞いたのか、武志と孝介がやってきた。

「正親さん！」

「遅くなりました！」

「よし、手助けに行こうか」

正親が二人を連れて沢へと下っていく。

陸斗は「月夜守」ではないので、後方に控えてさらなる魔獣の気配がないか気を配る。

勇壮な三人の背を見送りながら、陸斗は意識を集中してあたりの様子をうかがっていた。


（すごかったな……）

魔熊の群れと、それを追う熊野家の「月夜守」たち。そして彼らを助けるために向かった正親たち。

大規模な山狩りを見たのは初めてだったが、「月夜守」は皆勇敢で戦術に長け、命がけで魔獣退治をしてきたプロなのだと感じた。

凶暴で危険な魔獣の存在を、世の中の人は知らないけれど、「月夜守」のおかげで社会はつつがなく平穏に保たれているのだ。代わりのきかない大切な仕事を担っている人々なのだと、尊敬の気持ちが湧いてくる。

(俺も、一緒に働きたい)

陸斗は戦うことはできないけれど、獣人の能力を生かして彼らを補助することはできる。獣の耳や尻尾を隠して今までのように暮らすよりも、「月夜ノ森」で正親と働くほうが、やりがいがあるのではないか。

そんなことを思っていると、正親と陸斗のほうに男が一人やってきた。

「加勢してくれて助かったよ、正親！　もう怪我はいいのか？」

「おかげさまで、もうすっかりよくなったよ、泰典《やすのり》。作戦指揮、お疲れさま」

泰典と呼ばれた男はとても恰幅《かっぷく》がよく、正親と同じか、少し年上くらいの年齢に見える。魔熊の群れを掃討する作戦を指揮していたからには、熊野家の一族の精鋭なのだろう。

陸斗の姿をまじまじと見て、目を丸くして訊いてくる。

「きみはっ……？　獣人だよな、狼のっ？」

「あ、はい。陸斗といいます。初めまして」

頭を下げながら名乗ると、泰典の目がますます丸くなった。小さく首を横に振って、正親に言う。

「……おまえって奴は、ときどき俺をとんでもなく驚かすよなっ？　狼人が生まれたなんて聞いてないぞ？　まだ本部に報告を上げてないだろう？」

「まあ、生まれてからそんなに経っていないからな。でも、彼はまだ組織に入ると決まったわけじゃないんだ」

「そうなのか？　しかし、こうやって現場に連れてきてるってことは、その……」

「番ってわけでもない。今は、そう……、俺の助手だ」

正親がさらりと言って、陸斗の首に勾玉の首飾りをつけ直し、泰典ににこりと笑みを向ける。

「魔獣退治の仕事に興味を持ってくれていてな。本部にはおいおい報告するつもりだよ」

親しげな表情でそう言うが、正親からは、これ以上説明する気はないという拒絶も覗いている。

やはり獣人というのは、一族の長の番になるのが普通だから、今のような状態は奇異に映るのだろうか。泰典はどこか怪訝そうな顔をしていたが、やがて小さくうなずいて言った。

「……そうか。大狼一族の長をつとめるおまえがそう言うのなら、俺としては何も言うことはないな。陸斗くんといったか。いずれまた会うことがあるだろう。正親はときどき無茶しがちだから、危なそうならいさめてやってくれよ？」

「無茶……、ですか？」

「人聞きの悪いことを言うなよ、泰典。俺は無茶なんてしないぞ？」

「まあ、そういうことにしといてやるさ！」

泰典が言って、くすくすと笑う。

「次におまえと会うのは本部の定例部会かな？　お互い、それまで元気に生き抜こう。じゃあな！」

「ああ。またな」

正親が軽く手を振ると、泰典は熊野の一族の男たちとともに去っていった。

静寂が落ちた山に、月光がしっとりと降り注ぐ。

「……さてと。もう魔獣の気配はしないかな、陸斗？」

「あ……、はい。しません、まったく」

「そうか。では我々も、そろそろ撤収しようか」

「はい！　帰りの運転は俺がします！」

武志が言って、孝介と先に立って歩き出す。

一瞬帰りも自分が運転します、と言いそうになったが、正親が陸斗のパーカのフードを頭にかぶせて言った。

「きみはケモミミが出てるから、運転は控えたほうがいい」

「あっ、そういうことですか」

まったく難儀な体だ。せめてテントの片づけくらいは率先してやろうと思い、陸斗は急いで駆け出した。


首飾りをつけたためか、陸斗の獣の耳と尻尾は、帰りの道中で隠すことができた。月の夜でも、獣人の能力を使いすぎたりしなければ、どうにか身を静めることはできるのかもしれない。

月が明るくなるだけで本当に「狼男」のようになってしまうなら、社会で普通に暮らしていくことすら難しそうだから、やはり首飾りがあれば大丈夫なのだと思うと、少しだけほっとする。

(それにしても、あの魔獣はなんだったんだろう)

今まで感じたことがないほどの魔の気を放ち、闇の中から陸斗を凝視していた、何者とも知れない魔獣。魔熊の群れが来る前に気配がなくなってしまったが、もしや、何か特別な個体だったのだろうか。

「……やあ、みんなただいま！」

帰宅すると、玄関先まで猛獣たちが駆けてきて、正親に激しくじゃれつき始めた。ユキヒョウとアムールトラとピューマが、いつも以上に跳ね回ってまとわりつく様子は、はたから見ていると少々ハラハラする光景だ。

でも正親は慣れていて、動じることはない。

「月が明るいせいでみんなも興奮しているようだな。こらこら、順番だ」

正親がたしなめながら廊下を歩き、居間へと入っていく。

陸斗は台所に行って茶でも淹れようと思い、居間の前を通りすぎようとしたのだが……。

「……っ」

正親が畳の上を跳ね回る三頭の体を順に撫でたり、そっと鼻先にキスをしているのを見て、なぜだかドキドキしてしまう。

幼獣とはいえ猛獣であるあの子たちが、人間の正親に甘えたり、彼の傍で腹を見せてゴロゴロとくつろいだりしているのは、正親が「獣馴らし」の能力を使って、意思疎通を図りつつ手なずけているからだとわかっている。

だが正親に血をもらい、身を馴らして獣の血を静めてもらうようになってから、彼が幼獣たちと接しているところを見ると、なんとなく落ち着かない気分になる。

自分もそうされたい、獣のように愛撫されたい、というような――。

（……いや、でも俺は、幼獣たちとは違うし！）

夕刻からの体の調子を振り返ってみるに、自分も幼獣たちと同じく、明るい月の影響を受けているのは確かだろう。今夜はいつもよりも体が興奮していて、正親に馴らされたい気持ちも強く感じる。

でも、獣の耳と尻尾はすでに自力で引っ込めてある。わざわざ血をもらって静めるほどではないと思うし、手を煩わせるのも悪い気がする。

正親だって疲れているだろうから、やはりここは人間らしく、茶の一杯でも淹れてこよう。

陸斗は部屋から目をそらし、再び台所に向かおうとした。

「待て、陸斗。きみも馴らさないと」

「つ、いえ、大丈夫です！」

「……本当に？」

正親が訊いて、幼獣たちを置いて廊下までやってくる。

そして陸斗の顔を気づかわしげに見つめ、こちらに手を伸ばしてもつれた髪を直すようにそっと髪を指ですく。

「あ……っ！」

ほんの少し地肌に指がかすめただけなのに、体がビクンと震える。

正親が苦笑して、勾玉の首飾りを外す。

「わぁっ」

頭に獣の耳が、そして尾てい骨から尻尾が、勢いよく生えてきた感覚に、思わず叫んでしまう。正親が確認するように言う。

「……やはり馴らしたほうがいいと思うんだが？」

「うう……、なんて不安定な体なんだ……！」

泣きそうになりながらそう言うと、正親が同情するような声で言った。

「そうだな……。獣人はとてもデリケートな体だから、俺としては、できる限りきみに快適に過ごしてもらえるよう手助けしたいと思うよ。きみのつらい気持ちも……」

「いえ、つらいってことはないんです。なんか、毎日コスプレしてるみたいだし」

「コスプレ？」

「ほら、ハロウィンみたいな。いっそ毎日ハロウィンならいいのにって思います！」

半ばやけくそな気分でそう言うと、正親が一瞬瞠目して、それから小さく笑った。

「ふふ、そうか！　なるほど。きみはとても、強い人だな！」

「え、そうですか？」

「ああ。きみは狼人になっても、そのことを受け入れて自分を失わずに生きていける人だ。きみのような人には、やはり『月夜ノ森』に入ってもらって、俺と一緒に魔獣と戦ってほしいな」

「あの、そのことなんですが……」

先ほど考えていたことを思い出し、陸斗は言った。

「もしお許しをいただけるなら、『月夜ノ森』で、ちゃんと働かせてもらえませんか？」

「……それは、組織に正式に加入して、ということかな？」

「はい。ぜひ、そうさせてほしいんです」

陸斗の言葉に、正親が笑みを見せる。

「きみがそう言ってくれて嬉しいよ。もちろん歓迎する。大狼家の長としても、組織の一員としてもだ」

「ありがとうございます、正親さん！　俺、頑張ります」

「こちらこそ、決断してくれてありがとう。明日にでも本部に正式な手続きを申請しよう。だが、まずは体を馴らそうか」

正親が言って、居間にいざなう。幼獣たちが察したように部屋の隅に移動すると、正親が戸棚からナイフを出してきて、ちくりと指先を刺した。

甘い血の匂いに、体がぞくりと震える。

「……いつもすみません。痛い、ですよね？」

「気にしないでいい。一族の長として、当然のことをしているだけだからな」

ルビー色の血の滴が浮いた指先を差し出され、息が乱れる。

陸斗はおずおずと顔を近づけ、血の滴に吸いついた。

「……ぁ……」

体に電流が走ったみたいなしびれを感じ、視界がチカチカとスパークする。

いつにも増して濃厚な味わい。気の高ぶりが和らいで、酔ったようになってくる。

胸や腹、そして手足がぽかぽかと温かくなって、意識がとろとろしてきた。

「おっと、だいぶ効いてるな」

ふらふら揺れる体を抱き留められ、頼りなく体にすがりつく。

厚い胸と大きな背中。伝わってくる心拍は力強く、なんだかずっとこうしていたくなる。

もしも彼と番になったら、毎日でもこうやって触れ合えるのだろうか。

彼の血で頭が蕩けてしまっているせいか、ぼんやりそんなことを考えてしまい、知らず頬が熱くなる。

男性と番うとか、伴侶になるとか。

それを自分のこととして考えるのは、陸斗にはやはり難しい。

でも獣人である陸斗は、魔獣と接する環境にいる限りは、この先もかなりの頻度で正親の血をもらわなければならない。正親はそうすることを一族の長として当然のことだと言うし、煩わしく思ったりなどもしていないようだが、陸斗としては、なんだか申し訳ない気持ちが募ってくる。

ひょっとしたら、長が獣人を娶り、眷属にしたという昔の慣習は、獣人に気兼ねする気持ちを抱かせないためには、理にかなったやり方だったのではないか。

なんだかそんなふうにも思えてきて……。

「さっきも言ったがな、陸斗。きみがこの先どう生きていくことを選ぶとしても、俺はきみを支えたいと思う」

陸斗を座らせ、そのまま横たわらせて座布団の上に頭を乗せながら、正親が言う。

「それは俺の責務だ。皆が安心して生きていけることが、俺にとって一番の喜びだからな」

(……それ、って……)

狼の神獣の血を引く一族の長としての、責務。

その立場の重さがどのくらいなのか、陸斗にはまだ想像がつかない。

でも、それは陸斗が祖母や佳奈を支えていきたいと考えていることと、どこか似ている気がする。人のために働き、人のために生きて、その人の幸せが自分の幸せ、というような思いだ。自分のことならそういうものだと思えるけれど、どうしてか正親のことになると、やや疑問も覚える。

誰かのために生きるというのは、本当にいいことなのか。彼の幸せは、本当にそこにあるのだろうか、と。

「今夜はもう遅い。このまま眠ってもいいぞ」

「……で、も……？」

「俺がちゃんと布団に運んでやる。安心しておやすみ」

優しい言葉に鼓膜を撫でられ、思考がどこかに消えていく。

たまらなく心地いい気分で、陸斗は眠りに就いていた。

◆　◆　◆

それからしばらく経った、ある日のこと。

「あ、お兄ちゃん！」

「おー。久しぶり」

「ほんとだよ～！　うちに帰ってくるの、何カ月ぶりっ？」

首都圏近郊のとある地方都市。

私鉄ローカル線の小さな駅に降り立つと、佳奈が迎えに来てくれていた。

元々の出身地ではないし、そこそこの田舎ではあるものの、町場には出やすく、近所の人に干渉されたりせず静かに暮らせる町なので、ときどき帰ってくるぶんにはいいところだ。

祖母と佳奈が二人で住んでいるアパートに二泊してから新潟支部に戻る予定だが、佳奈の嬉しそうな顔を見ると、もうしばらく滞在したくなる。

（たぶんもう、問題なく過ごせると思うし）

魔熊や、熊の神獣の血を引く一族と出会った翌日、陸斗は「月夜ノ森」の正式な構成員となった。

魔獣と直接戦うことはないが、「月夜守」の魔獣退治のつとめに同行し、補佐するための仕事を一から学んだり、魔獣から身を守るための体術の訓練をしたりと、身につけなければならないことがたくさんあり、陸斗は今までにないほどに忙しく、だが充実した日々を送っている。

月の満ち欠けを意識しながら暮らすことにも次第に慣れてきたが、よくよく意識してみると、獣人の体は魔獣退治の現場だけでなく日常生活でも、月光の影響をかなり受けていることがわかった。

意図せず獣の耳や尻尾を出してしまうことは、首飾りをつけ、自分でもちゃんと気をつけて生活していれば、ほぼない。人として、ごく普通に暮らすことができることがわかって、徐々につとめ以外で自分が獣人だと意識することが減ってきていた。

その様子を見て、正親が提案してきたのだ。何日か実家に滞在してみてはどうか、と。

「おばあちゃん、朝から張りきっちゃって、お兄ちゃんの好きなチキンカツとエビフライを揚げてるよ？」

アパートまでの道をのんびり歩きながら、佳奈が言う。祖母の手料理はとても美味しいので、思わず笑みが洩れる。

っている。
「そういや、しばらくチキンカツとか食べてなかったな。楽しみだ」
「おばあちゃん、明日は『山の湯』に行きたいって言ってたよ」
「はは、いいねー。岩盤浴とマッサージもつけてあげたら喜ぶかな？」
『山の湯』はアパートから見える山の中腹にある日帰り温泉施設で、祖母がとても気に入っている。

一日滞在するとそれなりの料金がかかるので、以前は頻繁には行けなかったのだが、陸斗が「環境保護団体」に就職して収入が安定したので、最近はためらうことなく行けるようになったらしい。

祖母の年金と佳奈のアルバイト代のおかげももちろんあるが、今までよりも生活に余裕が出ているようだと、なんとなくほっとする。

獣人として安定して過ごせるようになってきたし、これからはもう少し間を置かず帰るようにしようか。そんなことを考えながら、アパートに向かう道へと曲がる。

すると角の家の門の中に、外飼いの柴犬がいるのが見えた。

番犬として飼われているわりにとても人懐っこい犬で、陸斗の顔も覚えてくれている。

こちらに気づいて丸い目で見てきたので、陸斗は少し近づいて言った。
「お、久しぶり。元気にしてたかー？」

至って普通に、明るい声で声をかけたつもりだった。

だが柴犬はいきなりぶるぶると震え出し、こちらから目をそらした。さらには耳を伏せて尻尾を垂れ、よろよろと腰が引けたようになってしまう。

なぜだかわからないが、柴犬はものすごく怯えているようだ。

佳奈が驚いたように目を丸くして言う。

「え、急にどうしちゃったのかな？　お兄ちゃんを見かけるといつも尻尾振って近づいてきて、楽しそうにわふわふ～ってしてたのにね？」

「だよな？　なんで急に俺のこと、こんなに怖がって……？」

戸惑いながら見ていたら、その家の塀の上を白い猫が歩いてきた。

野良猫だが、こちらもそこそこ愛想のいい猫で、以前は陸斗の足にすりすりと頭をこすりつけてきたりしたのだったが……。

「シャーッ！」

「ええっ！」

「お兄ちゃんのこと、めっちゃ威嚇してるね。なんでかな……？」

動物は好きだし、犬や猫にはわりと好かれるタイプだと思っていたから、怯えられたり警戒されたりするのは初めてだ。

思いのほかショックを受けていると、佳奈がまじまじと陸斗を見て言った。

「うーん、でもなんかお兄ちゃん、前と雰囲気変わったもんね？」

「えっ、嘘。どこがっ？」

「どこって言われると、特にここが、っていうのはないんだけど。前よりなんか、ワイルドな感じになったっていうか」

「ワイルド……？」

「環境保護のお仕事を始めてから、変わったんじゃない？　髪も伸びてるし、そういう手作り風のアクセサリーとかも、前はしてなかったじゃない？」

「それは……」

勾玉の首飾りは自分の趣味ではないし、髪を伸ばしているのも、万一獣の耳が出てきそうになっても目立たないように、と思ってのことだ。自分の内面は何も変わっていないつもりなので、佳奈のその見立ても少々ショックではあるが。

(……もしかして、にじみ出てるのかな。俺が獣人だってことが？)

正体までは見抜けなくても、もしかしたら親しい人には、陸斗が以前とどこか違うことが感覚的にわかってしまうのかもしれない。動物は人間よりもさらに鋭敏だから、陸斗が人外の存在であると、明確にわかっている可能性もある。

人だけでなく、人と暮らしている動物と会うときにも、正体がばれないように気をつけなければ。陸斗はそう思いながら、またアパートに向かって歩き始めた。

久しぶりに家に帰った陸斗は、祖母の料理をたっぷりと堪能して、夜は早々に床に就いた。

翌日はリクエストされたとおり、陸斗は祖母と佳奈を連れて、電車とバスを乗り継いで日帰り温泉施設に出かけた。

午前中に着いて軽く湯に浸かり、併設レストランでゆっくり食事をするのは、休日の過ごし方としては気楽でいい。

だが獣人になったせいなのか、最近の陸斗はあまり長湯ができなくなった。祖母と佳奈はこれからフルーツ風呂だか紅茶風呂だかに入るつもりだそうで、彼女たちに合わせて入っているとのぼせるかふやけるかしてしまいそうだ。

そこで陸斗は、二人を置いて近所を散策してみることにした。

施設の周りはあまり起伏のないハイキングコースになっていて、一、二時間ほど散歩するにはちょうどよさそうだったのだ。

獣人になってから、魔獣退治で山に行くのは日常だが、一人で行くということはない。目的もなく歩き回るというのも、これが初めてかもしれなかった。

「うーん、気持ちいいなー」

日の当たる木々や風に揺れる草花、小さな蜂や虫、爬虫類に小鳥。

人間だった頃には、あまり自然には関心がなく、身の回りに息づく生命の息吹を感じ取ることなどほとんどなかった。

でも今は、風の流れ一つ、虫の羽音一つが、陸斗の耳にすっと入ってくる。

自然はこんなにも豊かなのだと思うと、不思議と気持ちが安らぐ気がするのだ。

佳奈にワイルドになったと言われたときにはピンとこなかったが、獣人になったことで、自然の中にいる状態を心地よく感じるようになったのかもしれない。

とはいえ、ハイキングコースというのは至るところにあるし、人間だって元々は自然の一部だったのだから、街を離れて自然の中を散策する楽しみは、誰でも感じることなのかも……。

そんなことを思いながらてくてくと歩いていたら、いつの間にか周りにまったく人けがなくなっていた。日帰り温泉施設からもだいぶ離れてしまったので、そろそろ引き返そうかと思った、そのとき。

「……っ！」

（この臭い……、まさかっ？）

風に乗ってほんのかすかに魔獣の臭いが漂ってきたから、思わず身構えた。

山の中といえど、ここはハイキングコースだ。人が歩いている場所に魔獣が現れたりしたら、間違いなく危険だ。

陸斗は注意深く臭いのもとを探りながら、道をさらに山奥のほうへと進んだ。

魔獣を発見したらすぐに正親に連絡を取ろうと、携帯電話を取り出した瞬間。

「……！　どうしました。大丈夫ですかっ？」

道から少し外れた大きな木の根元に、若い男が屈み込んでいたので、陸斗はズボンのポケットに携帯電話をしまって駆け寄った。

男は腹をかばうように体を丸め、苦しげな顔をしている。体調でも悪いのか、それとも……？

「……いきなり、襲われた！　野生の、獣みたいなのにっ」

「襲われたっ？　それってもしかして、腐ったような臭いの――」

魔獣に襲われたのかと思い、体を診ようと傍に屈んだら、男がいきなりこちらに襲いかかってきた。

茂みに押し倒されそうになったから、慌てて逃れようとしたが、のしかかられて顔や胸、腹を拳で何度も激しく殴打され、苦痛にうめくことしかできない。

両腕で顔をかばい、膝を引き寄せるようにして丸まると、男が陸斗の首に手をかけて、勾玉の首飾りを力いっぱい引きちぎった。

「……うぅっ！」

組み紐が切れ、石や勾玉が飛び散った途端、魔獣の腐臭が鼻腔に広がった。

とっさにあたりを見回したが、どこにも魔獣はいない。

魔獣の臭いがしてくるのは、陸斗にのしかかっている目の前のこの男からだ。

「ああ、狼人の匂いだ」

「……っ？」

「いい匂いだなぁ。犯《や》っちまいたくなるぜ」

「っ、や、めっ」

殴られて血がにじむ口の端を男にぺろりと舐められて、ぞっと寒けが走る。

自分がどんな匂いを発しているのかはわからないが、こちらは吐きそうなほど強烈な魔獣の臭いで鼻がおかしくなりそうだ。

人の姿をしているのに、どうして魔獣の臭いがするのだろうと混乱するが、先日山の中で陸斗を観察していた、あの謎の個体の気配をかすかに感じる。

あのときのあれは獣ではなく、この男だったのか……？

「おまえは、この間のっ……！　人間、だったのかっ？」

「へえ、鼻がきくんだな。まあ獣人なら当然か。けど、俺は人間なんかじゃないぜ？」

男が言って、くっと笑う。

「この姿は、昨日襲って食らったばかりの人間を真似ただけだ。男前だろ？」

「真似た？　って、何を、言って……？」

困惑しながら問いかけようとしたら、男の顔がみるみる毛に覆われ、体つきも大きく変わり始めたから、息が止まりそうになった。

陸斗の目の前で、人間の男の姿から四つ足の獣――魔狼の姿に変わったのだ。

まさか魔獣に、人間に変身する能力があるなんて。

「おまえ、なかなか可愛い顔してるな？」

「っ！」

「匂いもたまらなくいい。俺のものにしたくなる」

獣の姿をしているのに、口から人の言葉が発せられる。

今度はそのことに驚愕していると、魔狼が諭すように言った。

「いいか。獣人は人間じゃなく俺たち魔獣の仲間だ。だから俺とおまえは仲間なんだよ。おまえを今すぐ、俺のものにしてやろうか？」

「そんなことっ……、ぅ、んっ！　う、ぐ……！」

納得しがたい言葉に反発を覚え、仲間などではないと言おうとしたが、腐臭のする口を口唇に押し当てられ、ぬらりとした舌を口腔にねじ込まれたから、そうすることができなかった。

喉のほうまで深々と口腔を犯す、冷たい舌。思いもしなかった行為にうろたえ、顔を揺すって抵抗するが、魔狼の前足で喉をぐっと押さえられ、抵抗を封じられる。

喉の柔らかい部分に食い込む爪に恐怖を覚えながらも、両手を突っ張っておぞましい口づけから逃れようとしたのだけれど……。

「ん、んっ……」

魔獣の舌で口を犯され、ぞっとするほど気持ち悪いのに、なぜか体が怪しく疼き始め、頭に獣の耳が生えてくる気配があった。腰のあたりもむずむずしてきて、ずるりと尻尾が出てくる。

さらには体の芯が熱くなって、鼓動も速くなってきた。

まるで獣化の発作が起きたときのようだ。陸斗の口腔をたっぷりと蹂躙し尽くし、ねっとりとした唾液を滴らせながら舌を抜いて、魔狼が告げる。

「ふふ、耳が生えてきたな。俺と同じ狼の耳だ。やっぱりおまえは俺の仲間だよ」

「ち、がっ……、ぁんっ……」

仲間という言葉を否定しようとしてみたが、獣の耳を甘噛みされて、吐息のような声が洩れてしまう。

魔狼には嫌悪しか感じていないつもりなのに、どうやら体はそうでもないみたいだ。耳を舌でもてあそぶように舐められると、腰がビクビクとはしたなく揺れる。

魔狼がククッと笑って言う。

「おまえを飼って支配しているのは狼神獣の血族だろう？　奴らはいつだって獣人を人だと騙して手なずけ、人間の姿に擬態させていいように使ってきた。俺は奴らのそういう欺瞞が一番許せないんだよ」

（……何を、言ってるんだろう、こいつは……）

擬態も何も、陸斗は元々人間だ。獣が魔の気を帯び、人を食って知恵をつけた魔獣とは成り立ちが違う。正親だって誠実な人だと思うし、騙されてなどいるわけがない。

陸斗は強く反発して言った。

「俺は、魔獣の仲間なんかじゃ、ないっ！　俺は、人間を食らったりなんか……！」

「だがおまえだって、動物の肉を食うだろう？　なのになぜ俺たちにはそれが許されない？　なぜ俺たちは『月夜守』に追い立てられ、退治されるんだ？」

「そ、れは……」

思いがけない問いかけに、一瞬言葉につまった。

魔獣にそんな屁理屈を言われるなんて、想像もしていなかった。魔狼が嘲るように言う。

「いいんだよ、別に。おまえに人間らしい良心の呵責とやらを感じてほしいわけじゃない。そもそもおまえは人間じゃないんだ。俺のものになったらそれがすぐわかる。やはり今すぐそうしてやろう」

「い、やだ、やめっ……！」

鋭い牙と前足の爪とで衣服を引き裂かれ、悲鳴を上げる。

爪がかすめた胸から噴き出した血を冷たい舌で舐めて、魔狼が淫靡な声で言う。

「おまえを支配しているあの男、大狼正親といったか、あれはしたたかな色男だな？　あれなら騙されるのもわかる」

「……！」

「けど、俺だってなかなかのもんだぜ？　俺の傍にいれば、おまえはいつでも本来の姿でいられる。力を抑える必要もないんだ。俺がおまえをそうさせて……」

魔狼が言いかけて、ふと顔を上げる。

するとハイキングコース脇の木々の中から、目の前の魔狼とは別の腐臭と、低くうなるような声が聞こえてきた。はっきりとはわからないが、木の陰には魔獣が何体かいるようだ。魔狼がぷいっと顔を背けて言う。

「……うるせえな。わかってるよ。俺たちの里を手に入れるまでは我慢するさ」

「……ぁ……」

魔狼がひょいと陸斗から離れ、声がしてきた木のほうに駆け寄る。

そして地面に転がったままの陸斗を振り返って、不敵に言う。

「大狼の長がなんと言おうが、おまえは俺たち魔狼の仲間だ」

「く……」

「俺はおまえの味方だからな。いずれ迎えに行く。それまでいい子で待っていろよ？」

「あっ……、ま、待て……！」

呼び止めるけれど、魔狼はさっと身を翻して木々の間に消えていった。

ほかの魔獣たちもついていったのか、あたりにはもう腐臭を感じない。

完全にどこかへ行ってしまったようだ。

「……お、れは、騙されて、なんかっ……」

人ならぬ身とはいっても、陸斗は人だと、正親は言ってくれている。

だからこそ陸斗に血を与えてくれ、人として対等に扱ってくれているのではないのか。

自分が魔狼の仲間だなんて、そんなはずはない。

でも……。

(……動物たちには、警戒された)

昨日の柴犬や野良猫の自分への反応を、ふと思い出す。

今まではそんなことはなかったのに、陸斗は恐れられ、威嚇された。

陸斗が普通の人間ではないことがわかるから、警戒されているのだろうと思ったけれど、動物の目には、もっと恐ろしいものとして映っているのだろうか。

自分を人だと思っているのは陸斗だけで、本当はもう、見るもおぞましい怪物に成り果てているのだとしたら。思いがけずそんなことまで想像してしまい、動揺する。

「……そうだ……、正親さんに、連絡をっ——、うぅっ!」

携帯電話を取ろうと慌ててズボンのポケットに手を伸ばしたら、胸にきしむような痛みが走ったから、悶絶してしまう。

はっとして体を見ると、魔狼に引っかき傷を負わされ、舐められたところが毒々しい紫色に変わっていて、ジンジンと疼くような痛みを感じる。

冷たい舌でまさぐられた口腔も、喉のあたりまで腫れたようになってきて、息をするのも苦しい。もしや魔狼の唾液には毒でもあって、体をむしばまれているのだろうか。

こんな状態で人でも来たらまずいと思い、這うようにして道端の草むらに転がり込み、まずは獣の耳と尻尾を収めようとしてみたが、どうしてだか体がちっとも言うことを聞かない。いったいどうなってしまったのか。

「正親、さん……っ」

痛みをこらえながら携帯電話を取り出し、正親に電話をかける。

三コールほどで、正親が出た。

『……陸斗か。休日を満喫してるか？』

明るい声音に、泣きそうになる。

顔に携帯電話を押しつけるようにして、陸斗は声を絞り出した。

「正親さん、助けて、ください……」

『……っ？　何があった』

「魔狼に、襲われました。人の姿に、戻れな……っ」

『わかった。すぐに助けを呼ぶ。場所を教えてくれ』

通話をしながら、正親が動き出したのが伝わってくる。

大きく一つ呼吸をして、陸斗は答えていた。

正親に助けを求めたあと、人目につかないよう林の中に潜んでいると、しばらくして「月夜ノ森」の構成員がやってきて、陸斗を保護してくれた。

こういうことになるまでまったく知らなかったが、実家の近隣の町に「月夜ノ森」が運営する、表向きはアウトドア施設になっている南関東支部があって、陸斗はそこを管轄している一族に助けられたのだ。

「……いっ」

「あっ……、ごめんなさい、陸斗さん！　痛かったですよね？」

「い、いえ、大丈夫です、瞬《しゅん》さん」

「本当にごめんなさい。僕ってすごく不器用で。もうちょっと、優しくやりますね？」

「月夜ノ森」の敷地の中に立つ、古民家風の日本家屋。六畳ほどの和室に敷かれた布団の上に、陸斗は上半身裸で寝かされている。

魔狼に負わされ、舐められて穢れた胸や腹の傷を、特別な「清めの水」とやらを浸した脱脂綿で拭われるたび、傷にピリピリと痛みが走る。

でも、これをやっておかないと体の獣化が進んでしまうことがあるそうなので、痛くても我慢しないといけない。魔狼に口や傷口を唾液で穢されただけで、自力では耳と尻尾を収められない状態になっている上に、熱が出てきたようで動くのもだるく、魔獣が穢れた存在だということを、身をもって味わわされている感じだ。

それにしても……。

(俺以外の獣人て、初めて見た)

陸斗の手当てをしてくれているのは、陸斗よりも少し年下、おそらく十八、九くらいの和装の獣人、瞬だ。頭にはピンと尖った、陸斗のものよりも大きな獣の耳が生え、着物の尻のあたりからはもふもふとした太い尻尾が出ている。

この施設を管理する狐の神獣の血を引く一族、狐塚《こづか》家に庇護されている「狐人《きつねびと》」だという。着物を着ているせいか、どこか少し浮世離れして見えるのだが、彼は普段から獣の耳と尻尾を出したまま暮らしているのだろうか。

「……あの……、瞬さんは、いつもその姿なんですか?」

「え……?」

「あっ、すみません、唐突に! 俺、最近獣人になったばかりで、ほかの獣人に会うの初めてなんです。だからちょっと気になって……!」

慌ててそう言うと、瞬が小さくうなずいて言った。

「そうだったのですね。この姿は、旦那様がこのようにするようにと。獣人であることが一目でわかったほうがよいからとおっしゃって」

「旦那様、というのは」

「狐塚家のご当主です。実は来月、ようやく番にしていただけることになったんです」

瞬が言って、ほんのりと頬を赤らめたから、思わずまじまじと顔を見た。

どう見てもまだ十八、九なのに……？

「そうなんですか……。でもあなたは、その……、まだとてもお若いですよね？」

「でも、僕は物心ついた頃に獣人になって以来、ずっと旦那様の番になるべく育てられてきたんです。外の世界にもほとんど出たことがないですし、何より、奥様が亡くなられてもうずいぶんになります。番になって旦那様のお役に立てるのなら、僕は嬉しいです」

(外に出たことが、ない？)

瞬の言葉に衝撃を受ける。それでは彼は、組織の中のごく狭い世界しか知らないということか。そんなことってあるのだろうか。

驚いていると、不意に盆を持った長身の男性が開いた障子の間から現れ、瞬に訊ねた。

「傷を清め終わりましたか、瞬？」

「あっ！　あの、もうすぐ終わりますっ、弓弦《ゆづる》様！」

「急ぐことはありません。丁寧におやりなさい」

弓弦と呼ばれた男性が言って、部屋に入ってくる。

彼は狐塚家の現当主の長男で、正親と同年代の「月夜守」だそうだ。普段から親しいらしく、正親から連絡を受けてすぐに助けに来てくれた。

陸斗の脇に座り、水の入ったコップと紙の包みがのった盆を傍らに置いて、弓弦が言う。

「魔獣の穢れと、痛みに効く薬を持ってきました。手当てが終わったら飲んでください」

「は、はい。ありがとうございます」

「それで、ご家族への連絡は……？」

「一応、メッセージを送っておきました。仕事の呼び出しで急遽職場に行かないといけなくなったと」

「そうですか。正親もじきにこちらに来ると思いますので、今後のことは彼と相談してください」

弓弦が言葉を切って、思案げに続ける。

「私は『月夜ノ森』の調査部の仕事をしています。先ほど少しだけお聞きしたあなたのお話がとても興味深かったのですが、今日山中で遭遇した魔獣に、以前にも遭ったことがあるとおっしゃっていましたね？」

「はい」

「そうですか。お聞きした魔獣の特徴からすると、あなたが遭ったのは、皆が追っている魔狼のボス、『リキ』で間違いないと思われます」

「そうなんですかっ……？」

「以前に遭った個体と本当に同じだとすると、リキはずいぶんと移動していることになります。背後にいたというほかの魔獣やその行き先、それに『俺たちの里を手に入れる』という言葉。今回の件は、大変に興味深いことばかりです」

（やっぱり群れのボスだったんだ、あの魔狼。リキ、か……）

以前遭遇したとき、陸斗もなんとなく群れのリーダーなのではないかと考えたのを思い出す。

魔獣は群れの中での立場が高いほど、知能が高いといわれている。元々人間を食らうことで知恵を身につけ、長く生き延びてきた魔物だけに、知能が高いということは、それだけたくさんの人間を犠牲にしてきたということなのかもしれない。

あのリキという魔狼は人語を話す能力や、変身能力まであったのだから、相当な力を持つ魔獣なのだろう。

だからこそリキは、陸斗にあんな話をしたのだろうか。

リキは陸斗に、獣人は人間ではなく自分たち魔獣の仲間で、おまえは騙され、支配されているのだと言った。でも正親はそんな人ではないし、自分の内面だって、人間だった頃と何も変わってはいないと陸斗は感じている。

リキはもしかしたら、巧みな話術で陸斗の気持ちを揺さぶり、懐柔しようとしていたのではないか。

(……でも、瞬みたいな獣人もいるしな)

それが狐塚一族の長の考えなのだとしたら、文句を言うような筋合いはない。

だが瞬が外に出たことがなく、獣の耳や尻尾を隠すよう指示されてもいないのは、彼が人とはみなされていないからなのではないかと、そんな疑念も湧いてくる。

陸斗自身は、どうなっても家族のために生きると決めているし、自分は人だと思っているが、獣人という存在が、本当は魔獣に近い存在なのだとしたら、今後の生き方をもう一度根本から考え直したほうがいいようにも思う。

なるべく人から離れて生き、祖母や佳奈にも、もうあまり会わないほうがいいのではないかという気もしてきて……。

「終わりました、弓弦様」

「ご苦労さま。また用があれば呼びますから、今はお部屋に戻っていなさい。……おや、正親が来たようですね」

獣人である自分という存在に、心細さや寄る辺なさを感じていると、弓弦が部屋の窓の外をちらりと見て言った。

瞬が一礼して部屋から出ていくのと入れ替わるように、車が止まる音がして、玉砂利を踏んでいるような足音が近づいてくるのがわかった。

「……っ！」

家に人が入ってきた気配を感じた途端、陸斗の心拍が速まった。

廊下の向こうから漂ってくる、甘く芳醇な、うっとりするような匂い。

正親の血の匂いだ。嗅いだだけで熱っぽい体がぞくぞくと震え、体の芯に淫猥な疼きを感じ始める。

彼の血が、欲しい。突如湧き上がった激しい欲望に、視界がチカチカとし始めて……。

「……陸斗！」

開いた障子の間から正親が現れ、布団に横たわったままの陸斗の傍に膝をついて声をかけてくる。

いつになく慌てた様子だ。弓弦に陸斗を助けてくれるよう要請して、すぐにこちらに向かったのだろう。来てくれてほっとした気持ちはもちろんあるのだが、正親から漂ってくる濃密な血の匂いに意識をぐるぐるとかき混ぜられ、まともに返事もできない。

弓弦も匂いを感じたのか、正親に気づかうように訊ねた。

「正親……。あなた、怪我をしているんですか？」

「ん？　ああ、昨日山で、少しな」

正親が言って、軽く左腕を上げると、手首のところに包帯が覗いた。弓弦が疑わしげな目をして訊ねる。

「また無茶をしたんじゃないでしょうね？」

「いや、単なる不注意だよ。俺ももっと鍛錬しないとなぁ」

正親がぼやくように言う。血の匂いがするのは、怪我をしているせいだったのか。

理由がわかって少しだけ冷静になるが、身の昂りは収まらない。彼の血が欲しいと、焦れるような気持ちになっていると、弓弦がすっと立ち上がって言った。

「報告書は私も書きますが、何があったのかは、あなたが彼から直接聴いてください」

「ああ、わかった。ありがとう、弓弦」

「どういたしまして。人払いはしておきますので、ごゆっくり」

弓弦がどこか意味ありげに言って、部屋を出ていく。

障子が閉まると、陸斗は思わずおずおずと訊いた。

「正親さん、怪我、してるんですか？」

「大したことないさ。でも、きみには刺激的な匂いを振りまいてしまっているかな。すぐに血をあげよう」

正親がシャツの胸ポケットからナイフを出し、ちくりと指先を傷つける。

怪我をしているのにさらに血を流させるなんてと、申し訳ない気持ちになるけれど、こちらに指を差し出されたら飢えに似た感覚に身が震えた。

陸斗は横になったまま、正親の手を両手で包むように引き寄せ、指先に口唇を寄せた。

「ん、んっ……、ふ……」

甘い匂いと濃密な味わいに、我を忘れて指に吸いつく。

正親が小さく息を乱し、指をピクリと動かしたから、痛みを与えてしまったかもしれないと気づいたけれど、劣情に似た熱っぽさに支配されている体は、たまらなく彼の血を欲している。

リキに触れられたせいなのか、いつも以上に体中の細胞が沸き立っていて、感情までが高ぶってきた。甘露な血の一滴をごくりと飲んで、陸斗は言った。

「……正親さん、俺が遭ったの、魔狼のボスのリキだろうって、弓弦さんが」

陸斗の言葉に、正親がうなずいて言った。

「ああ、俺もそうじゃないかと思っている。まさかきみを襲うとはな」

「あいつ、いったいなんなんですか……？　俺、あいつに仲間だって言われたんです。獣人は魔獣の仲間だ、おまえは神獣の血族に騙されているんだ、って！」

体に彼の血が効いてきたせいか、熱に浮かされたみたいになりながらそう言うと、正親がかすかに眉根を寄せた。陸斗は息を乱しながらさらに言った。

「おまえを俺のものにするとか、俺はおまえの味方だとか、言われて……！」

リキの言葉を思い出したら、急に体がぞくぞくと震え、獣の耳と尻尾の被毛が逆立った。

正親の血をもらい、人に戻ろうとする体が、また獣のほうに引っ張られている感じがする。もしや一滴の血だけでは足りないのか。

「俺、あいつに、キスされて、耳を、舐められて……。そうしたら、どうしてだかわからないけど、体が熱くなって。あれっていったいなんなんですっ？　俺、なんで人間の姿に戻れないんですかっ？」

「落ち着け、陸斗。気を静めるんだ」

正親が力強く言って、陸斗の手を取って両手で握る。

「リキはおそらく、きみを眷属にしようとしたんだ。そのために、きみを犯そうとした」

「お、かっ……？」

「でもきみは人で、魔獣の仲間じゃない。俺がそうさせないよ」

陸斗を真っ直ぐに見つめて正親がそう言って、右の手で優しく頭を撫でてくる。

温かくて厚みのある、大きな手。

彼の手で髪を撫でられるだけで、泣きそうなほど心地いい気分になるけれど。

（もっと、触られたい。これだけじゃ、足りないっ……）

リキが陸斗にしようとしていたことがわかってみると、神獣の血族の長が獣人を番にすることには、確かな意味があったのではと感じる。

やはり本当は体の触れ合いや交わりが必要で、それを血で代用することなどできないのではないか。

そう気づいて、陸斗は動揺するけれど、正親はあくまで冷静に告げる。

「今回、きみは魔力の強いリキに攻撃されて、体を唾液で穢されたんだ。ダメージは大きいだろうし、リカバリーにも時間がかかるのだろう。よかったら、もう少し、血を……」

「……いえ。血はもう十分です」

思わずさえぎるように、陸斗は言った。

「代わりに、もっと、触れてください」

「え……？」

「手で撫でてほしいんです。髪じゃなく、俺の肌を、直接。駄目、ですか……？」

自分が気づいたことが正しいのか確かめたくて、懇願するように言うと、正親はややためらうような目をしてこちらを見つめた。

今までこんなことを言ったことはないし、陸斗の真意を測りかねているのだろう。

でも、ためらわれると余計にそうしてほしくなる。瞬きもせずに正親を見つめていると、やがて彼が小さくうなずいた。

「かまわないよ。きみが嫌ではないならな」

陸斗の意思を確かめるようにゆっくりと、正親が言う。

そうして髪を撫でていた手の位置をずらして、優しく頬に触れてくる。

「……っ、ぁ……！」

彼の指で頬の皮膚を押され、そのまますると優しく撫で下ろされて、ビクンと上体が跳ねそうになった。

肌に直接手で触れられると、やはりとても気持ちがいい。彼の血は体の深い部分にしみ込んで、中から揺すぶって陸斗を人へと導くが、肌の触れ合いは外からそれをしてくれるみたいだ。

もっと触ってほしくて、握られた手をぐっと引いて自らの胸に彼の左の手を押しつける。

リキの爪でつけられた胸の傷は、穢れを清められて塞がり、今はみみず腫れのようになっている。陸斗がうながすようにうなずくと、正親が手のひらを開き、傷痕をつっと撫でてきた。

「ぁ、あっ……」

かすかな痛みと、それを凌駕するほどの快いしびれ。

まるで体を愛撫されているかのようだ。

女性を知らず、もちろん男性とも性的な接触をしたことはないが、これが快感だということは陸斗にもわかる。正親に触れられて、自分が感じてしまっていることも。

「……気持ち、いいっ……」

思わず声を発すると、正親がどうしてか、ためらうように手を止めた。

でも、やめてほしくない。このままもっと気持ちよくしてほしい。

求めるように正親を見つめていると、今度は頬に触れていたほうの正親の手が滑り、指先で口唇に触れてきた。

「は……っ」

指で優しく口唇を撫でられただけなのに、感じる場所に触られたように体が熱くなり、胸も激しく高鳴る。

正親にそんなつもりはなくても、やはり陸斗の体は、これを愛撫だと感じてしまうみたいだ。隠しようもなく欲望も兆してきて、腹の底のほうがヒクヒクと疼き出すのがわかる。これはもう獣化の発作ではなくて、欲情の昂りだと、はっきりとそう感じる。

陸斗は劣情に目を濡らしながら言った。

「正親、さんっ……、俺……っ」

こちらを見返す正親の目には、淫猥な色などなかったけれど、彼は神獣の血族の長なのだ。陸斗がどういう状態になっているか、わからないはずがない。

陸斗の身の昂りと劣情とを感じ取っているのなら、どうかそれに応えてほしい。血ではなく体で、この身を馴らしてほしい。

今心に抱いているはしたない望みを言葉にすれば、そういうことになる。

でも、彼は野蛮なことはしないと言っていた。陸斗がこれ以上のことを望むなら、それはこちらから求めなければ、叶わないのではないか。

(正親さんに、抱かれたいっ)

陸斗は今まで、誰とも性的な行為をしたことがないし、誰かにそんな直截な欲望を抱いたこともなかった。

けれどどうやら、陸斗の体は正親とのセックスを望んでいるようだ。

なんの経験もないのにそうしたいと感じるなんて、まるで獣人の本能でもあるかのようだ。欲望に突き動かされたように、陸斗は告げた。

「正親さん……、俺を、抱いてくださいっ」

「……陸斗……」

「俺を抱いて、人に戻してください。獣人は魔獣の仲間なんかじゃない、人なんだって、わからせてほしいんですっ」

ほとんど涙交じりの言葉に、正親がかすかに目を細める。

それからゆっくりと、噛んで含めるように、正親が言った。

「きみが本当にそれを望んでいるのなら、応えてもいい」

「じゃあ……？」

「だがそうするのは、体で結び合うことが、今のきみにとって必要不可欠な行為だと思うからだ。あくまでもきみを人に戻すためにすることで、この行為自体によって、きみの将来を縛る気は一切ない。それを信じてくれるのなら……」

「信じますっ。だから、どうかっ」

「わかった。途中で嫌だと思ったら、どんな状態でもそう言うんだ。わかったな？」

「は、いっ……」

こくこくと首を縦に振って答えると、正親が着ていたジャケットを脱ぎ、こちらに身を寄せた。

ゆっくりと顔を近づけられ、そのまま口唇に口づけられて、ぞくぞくと体が震える。

「う、んん……！」

リキにされたことを除けば、キスなんてまったく初めてだ。

なのに彼の口唇の温かさを感じただけで、自分が求めていたものはこれだとわかった。

正親の首に両腕を回してしがみつき、夢中で彼の口唇に吸いつく。口唇の合わせ目を舌で軽くつつかれたので、上下の口唇を緩めたら、舌をぬるりと口腔に差し入れられた。

「ん、む、ぁ、ふ……」

肉厚な舌の感触に、意識がぐわんと揺らぐ。

口腔をまさぐられ、舌を絡めて吸われると、うなじのあたりにバチバチと火花が散ったみたいな感覚が走る。

血よりも愛撫よりも、さらに鮮烈な彼の口づけ。

強い酒に酔ったように頭がぼうっとしてきて、体の芯が熱く火照っていく。

すでに頭をもたげていた欲望はこれ以上なく硬くなり、切っ先が透明液で濡れたのまでが感じられる。

キスだけで、こんなふうになるなんて思わなかった。

もしやこれも彼の能力——狼の神獣の血を引く一族、大狼家の末裔である正親の、生まれ持った力なのだろうか。

「あっ……、は、正親、さっ……」

胸にキスを落とされ、両手で肌を撫でられて、背筋にビンビンとしびれが走る。

温かい口唇が傷痕に触れるたび、痛みよりも強い快感が肌を熱くする。

ズボンの中の陸斗自身がはち切れそうになっているのを察したのか、ファスナーの上を指でそっとなぞって、正親が訊いてくる。

「脱がせてもいいか？」

「う、んっ」

頬を熱くしながら答えると、正親が陸斗のズボンの前を開き、下着ごと脱がせた。

ビンと跳ねた欲望は、やはり透明液で濡れていた。

「ここに触れるよ」

「ん……、ぁ、あっ……！」

肉厚な手のひらで幹を包まれ、ゆっくりと上下にしごかれて、自分でも聞いたことがないような甘ったるい声がこぼれる。

獣人になってから、自分でそこに触れることはなかった。

獣化の発作が起こるたび性的な興奮に似た反応が起こっていたけれど、血をもらうと体が弛緩したみたいになって、ほとんどそのまま収束していたから、あえて触れることもなかった。

誰かに触れられたらどんな感じなのかと、想像したことすらもなかったが……。

「ふ、ぁっ、ああ、正親、さっ」

甘い快感に声が裏返る。

正親の手はどこに触れても陸斗を気持ちよくさせる力があるようだが、そこはほかの場所よりもはるかに敏感だから、より一層強く感じてしまう。摩擦の快感だけでも鮮烈なのに、正親の手でされているせいか、もう何も考えられないくらい気持ちがいい。

恥ずかしく腰を揺すって手の動きに応えると、正親が優しく訊いてきた。

「気持ちがいいか？」

「う、んっ」

「ここも、つんと勃ってきたな」

「あっ！　はぁっ、そ、なっ……！」

手淫をされながら、いきなり左の乳首を口唇でちゅっと吸われ、舌でもてあそぶように舐められて、上体が大きく弾んだ。

陸斗の両の乳首は知らず硬くなっていて、刺激されると背筋に悦びが走る。

そこが感じる場所だなんて知らなかったから、思わぬ反応に驚いていると、正親がこちらを上目に見ながら左右の乳首を順に吸い立て、舌先で舐《ねぶ》り回してきた。

「は、ぁっ、ふぅ、あぁっ」

乳首をいじられて感じる鮮烈な快感と、欲望をこすり立てられて感じる直截な悦び。

感覚の違う刺激を一度に与えられて、意識がくらくらするほど感じてしまう。陸斗自身の切っ先からは淫らな蜜がとめどなくあふれ、正親が手を動かすたびくちゅくちゅと卑猥な音が上がるようになってきた。

触れられることに慣れていないせいか、あっけなく昂らされてしまい、止めようもなく射精感が募ってくる。

「ひ、ぅっ、もっ、達《い》、ちゃっ……！」

「いいぞ。我慢するな」

「あっ、あっ、ぃ、く……！」

身悶えながら、ビュクビュクと白いものを放つ。

他人の手で達するのは初めてで、それが正親だからなのかどうかはわからないが、自分でしたときよりもずっと悦びが大きく、なかなか波が引いていかない。

新鮮な感覚に陶然となっていると、正親が体を起こし、部屋の隅に置いてあったティッシュの箱を持ってきて、腹や胸に飛び散った白蜜を優しく拭ってくれた。

急に恥ずかしくなって、陸斗は言った。

「すみま、せん」

「何を謝る。きみが感じてくれてほっとしたよ」

正親が言って、薄い笑みを見せる。

「俺や性的な行為に対して、嫌悪や恐怖を覚えていたなら、きみはこうはならなかっただろう。そうなると、この先に進むことは困難だ」

「この、先……」

「ああ、そうだ。きみが拒まなければ、俺はこのままきみを抱く。なるべくつらくないようにするつもりだが、体にはいくらか負担がかかるだろう。もしかしたら、心にもだ。それでも、俺に抱いてほしいか？」

経験はないけれど、男同士がどういうふうに交わるものなのか、何も知らないわけではなかった。自分がすることになるなんて、獣人になるまで想像したことすらもなかったし、ひとまず血をもらうことで人間の姿を保てていたから、実際に行為を行うことを考えてこなかっただけだ。

改めてこうなってみると、少しだけ怖い気持ちはある。

(でも、嫌悪感はない)

正親の傍でしばらく暮らしてきて、彼になら抱かれてもいいと、今はそう感じる。

陸斗はうなずいて言った。

「……はい。あなたに、抱かれたいです……」

語尾が少し震えてしまったが、はっきりとした答えに、正親がうなずき返す。

「わかった。じゃあうつぶせになって、膝を立ててみてくれるか」

「は、はい」

言われるまま、布団の上で四つに這った格好になる。

股の間から獣の尻尾がふわりと垂れているのが見えて、なんだかちょっと恥ずかしい。

次はどうしたら、と思い、頬を熱くしながら振り返って正親を見ると、彼は盆の上にあった小さな紙の包みを開いて、手のひらに出していた。

痛みと穢れに効く薬だと弓弦が言っていたものだ。

「これは水で溶くと軟膏みたいになるんだ。痛みも緩和してくれるし、潤滑剤の代わりになる。きみの後ろにこれを施すから、楽にしていてくれ」

言いながら、正親がコップの水を手に垂らし、指でくるくると混ぜる。

そうして陸斗の尻尾を横にのけて、優しく後孔に触れてきた。

「んっ……」

冷たい感触にビクリとする。

男同士はそこでつながるというのは知っていたが、こういうふうに下準備をするのだとは知らなかった。でも確かに、男性の体は女性のようにはいかないわけで。

「ひっ、う、ぅ……」

窄まった柔襞を指でほぐすように撫でられて、おかしな声が出てしまう。

そこもうっすら感じる場所らしく、腰が怪しく揺れてしまうが、誰にも触られたことのない秘められた部分だけに、さらけ出している羞恥で頭が熱くなってくる。

シーツに顔を埋《うず》めて声をこらえていると、正親の硬い指が、つぷんと中に沈められた。

「……ぁあっ、は、ううっ」

中をまさぐるように指を動かされ、異物感で膝がガクガクと震える。

薬のおかげか痛みなどはないが、そこに指を挿《い》れられて動かされるのは、例えようもない感覚だ。体を他者に侵食されていることをありありと感じ、ひやりと冷たい汗が出てくる。

「少し気分が悪そうだな。薬が効いてくれれば、じきに楽になると思うが」

正親が言って、さらにもう一本指を挿入してくる。

そのまま二本の指でくちゅくちゅと中をかき回されたから、ヒッと叫びそうになったけれど、正親の言うとおり薬の効果が出てきたのか、異物感は徐々に薄れてきた。

代わりに中がとろとろと温かくなり始め、指を食い締めそうな開き具合だった窄まりも、柔らかくほどけ始めた感覚があった。これなら耐えられると、ほっとした瞬間。

「ひあっ！」

肉筒の前壁側にある、正親の指がかすめたとある場所が、どういうわけか跳び上がりそうなほど敏感だったので、知らず裏返った声を発した。

後孔の奥にそんな場所があるなんて知らなかったから、思わず振り返って正親を見る。

確かめるように、正親が笑みを返す。

「ここか？」

「あっ！　ああっ、駄目っ、です、そん、なっ」

ほんの少しくぼんだその場所を、指の腹を前後に転がすようにして撫でられ、腰がはしたなく跳ねてしまう。

そこは明らかに快感のツボだ。触れられただけで声が出て、身悶えそうになってしまう。

そんな敏感なところが、うぶなこの体の中に隠されていたなんて。

「ここの場所は覚えた。つながったら、たくさん愛してやろう」

正親の艶めいた声に、ぞくぞくと背筋が震える。

これからすることは、あくまでも陸斗を人に戻すためにするのだと言っていたのに、そんなふうに言われると、何か別の行為のようだ。

自分は男性に抱かれるのだと改めて思い、ドキドキしてくる。

「そろそろいいかな」

正親が後ろから指を引き抜いたので、あん、と声が洩れてしまう。

ほどかれた柔襞が物欲しげにヒクヒクと震えるのを感じ、恥ずかしく思っていると、正親が背後でしゅるりと衣服を緩めたのがわかった。

このまま獣みたいに、後ろからつながってくるのだろうか。

怖さと期待とでどうにかなりそうになっていると、正親が優しく言った。

「仰向けになってくれ。少し恥ずかしいかもしれないが、そのほうがいいだろう」

「……？」

「獣の交尾じゃないんだ。顔が見えないと、不安じゃないか？」

「あ……、はいっ……」

それは陸斗がなんとなく思っていたことだ。人らしく扱ってもらえることに安堵しながら仰向けになると、半裸の正親が陸斗の脚を開き、間に身を入れてのしかかってきた。

両手で陸斗の両脚を持ち上げ、腰骨を上向かせて、正親が言う。

「きみの中に入るぞ。体の力を抜いて、楽にしているんだ」

「は、い……。ぁっ……！」

後孔に彼のものを押し当てられ、ぐぷりと先の部分を沈められて、獣の耳と尻尾の被毛がざわりと逆立った。

正親のそれは、信じられないほど熱くて硬い。ゆっくりと腰を使い、さらに雄を中に収められると、そのボリュームにぞくりとした。

痛みこそないけれど、圧入感がすさまじい。まるで凶器みたいな正親の男根が、陸斗の後孔をいっぱいに押し開き、ぐいぐいと侵入してくる。

こんなにも大きなものを挿れられたら、体を壊されてしまいそうだ。

もうここでやめてほしいと、叫びそうになったけれど。

「いい子だ、陸斗。俺をちゃんと受け止めているな」

正親が言って、優しく髪を撫でてくる。

「怖がらなくていい。もっと楽になれ」

「ぁ、んっ、は、あ」

熱棒をゆっくりと前後させて徐々に陸斗の内奥を探りながら、正親が獣の耳を指でもてあそんでくる。

自分は人だと思っているし、今こういうことになっているのも人に戻るためだけれど、獣の耳に触れられるのは、実は嫌いではなかった。リキの甘噛みでも反応してしまうほど、そこは感じる場所なのだ。

快い感触に気を取られ、うっとりしていると、体の力が抜けたのか挿入がスムーズになった。ややあって、双丘に正親の下腹部がぐっと押しつけられた感覚があったから、付け根まで収められたのだとわかった。

ふう、と小さく息を吐いて、正親が言う。

「全部、きみの中だ。苦しくはないか?」

「大丈夫、です」

「そうか。……ああ、とても温かいな、きみの中は」

正親が言って、陸斗の顔を見つめる。

「正直に言うと、いずれはこういうことになるんじゃないかと思っていた」

「まさ、ちか、さん……？」

「きみが望むのなら応えると言ったが、俺はこうなったことを、きみのせいにするつもりはない。俺も、こうしたいと思ったことが、ないわけじゃないしな」

「……？」

意外な言葉に少し驚かされる。

そんなそぶりは一切見せていなかったのに、正親は自分を抱きたいと思っていたのか。

それは、一族の長としての考えなのだろうか。

戸惑う陸斗の汗に濡れた前髪をそっとかき上げて、正親が言う。

「だが、今はそんなことは忘れよう。きみはただ悦びに溺れればいい。人らしく、快感に酔ってくれ」

「……ぁ、ああっ！　はあっ、あああっ」

正親が言った意味について考えようとしたけれど、大きな雄が肉筒の中を行き来し始めたから、たまらず声を発する。

内壁を熱杭でこすり立てられる感覚は、今までに経験したどんな刺激よりも激しく、まるで肉の楔で穿たれているみたいだ。

体はみしみしときしむようで、快感というよりは摩擦感が強かったけれど。

「ぁ、む……、ふ、ぅうっ……」

しなやかに腰を使いながら、正親がまた陸斗に口づけ、熱い舌で口腔を優しくまさぐってくる。上あごや歯列の裏側、舌下を舌でなぞられると、彼の体温で溶かされたようになって、頭がぼうっとしてくる。

後ろのほうも、熱い肉杭をゆっくりと何度も抜き差しされるうちに徐々にボリュームに慣れて、肉襞がとろとろと蕩けてくるようだ。

正親の熱で、体そのものが馴らされていく。

「きみの中が、甘く潤んできた」

「うる、んで……？」

「中も俺に絡みついて……、ここ、どうだ？」

「あんっ！　ぁあっ、はぁ、あぁぁ……！」

正親が少し上体を起こし、雄を突き入れる角度を変えたら、彼の切っ先が敏感な場所をこすり始めたので、動かれるたび腰が揺れそうになる。

もしやそこは先ほど指で触れられた場所だろうか。優しく撫でられるだけで背筋を快感がビンビンと駆け上がり、恥ずかしい声も止まらなくなる。

体の芯から湧き上がる悦びに、陸斗自身もまた頭をもたげ、鈴口からはわずかに濁った透明液がとろとろとこぼれ始めた。正親に抱かれて気持ちよくなっているのだと目で見てもわかって、かあっと頭が熱くなる。

「う、ぅっ、正親、さんっ、こ、なっ、恥ずか、しいっ」

「何も恥ずかしいことなんてないさ」

「で、でもっ」

「気持ちがいいんだろう？　もっと感じて、悦びに身を任せればいい」

「ひあっ！　あっ、やっ、ああぁっ」

抽挿のピッチを上げられ、感じるところを切っ先でゴリゴリと抉られて、快感で上体が跳ねる。

あまりに鮮烈すぎる喜悦に怖くなり、手でシーツをたぐって布団の上部に逃れようとしたけれど、正親に両手で腰をつかんで引き戻され、両脚を持ち上げられて抱え込まれた。のしかかるようにしながら、正親がさらに動きを速めてくる。

「あぅっ、はあっ、ああっ、あああっ」

いい場所を狙い澄ましたように突かれ、蕩けた肉壁を太い幹にこすり立てられて、濡れた声を発する。

痛みも苦しさもなく、ただ悦びだけがほとばしり、頭のてっぺんから足のつま先までし

びれ上がるほどに気持ちいい。経験したことがないほどの快感の奔流に身も心ものまれ、もはや羞恥心など消えてしまって、ただ身悶え、啼き乱れる以外に何もできなくなる。

男性とのセックスが、こんなにも気持ちのいいものだなんて知らなかった。どうかなってしまいそうな恐怖に、陸斗は上ずった声で言った。

「ま、さちかっ、さっ、もっ、だ、めっ、おかしく、なっちゃっ」

「大丈夫。きみはただ、よくなっているだけだ」

「あっ、あっ！　そ、なっ、あああ……！」

中を上下にかき回すみたいに大きく肉杭を動かされ、持ち上げられた脚がガクガクと揺れる。

陸斗のいいところを全部把握したような動きに、全身の肌が粟立つ。腹の底からひたひたと何かが迫ってくる気配に震えていると、やがて肉襞がヒクヒクと震え始めた。

正親が慈しむような目をして言う。

「中が俺に追いすがってきた。達きそうなのか？」

「ひ、ぅうっ、わ、からっ、なっ……！」

「俺もかなりきてる。きみに、持っていかれるっ……！」

「あうっ、ああっ、はあああっ！」

正親がかすかに息を乱し、追い立てるようにラッシュをかけてきたから、たまらず悲鳴を上げる。

そこで達くなんて、想像もしたことがなかったが、腹の底から迫るこれは、間違いなく絶頂の先触れのようだ。知らず腰を揺らすと、正親が応じるように腰を打ちつけてきた。

互いを昂らせ合うような動きに、荒波がせきを切ったようにどうっと押し寄せてきて
——。

「あああっ、あっ、イ、クッ、達……っ」

後ろをきゅうきゅうと収縮させて、陸斗が頂を極める。

手で射精するのとは桁違いの、凄絶すぎる絶頂。

窄まりが正親の熱杭を締めつけるたび、意識が飛びそうになる。

正親もたまらないのか、ウッと小さくうなって動きを緩める。

そのまま二度、三度と突き上げたあと、正親が陸斗の最奥を貫いて動きを止めた。

「ぁ……、熱い、のがっ、奥、にっ……」

どろりと重く、熱いものが、陸斗の腹の奥に吐き出される。

正親が放った男の証しだろう。

その熱はじわじわと体に広がって、陸斗の中の獣性を静め、甘く飼い馴らしていく。

恍惚となりながら、陸斗はいや応なしに理解させられた。血の一滴とは比べものにならないほどのすさまじい愉悦を、自分は知ってしまったのだと――。

「……きみは人だよ、陸斗」

鼓膜を撫でるような甘い声で、正親が言う。

「俺がきみを守る。人である、きみを」

「ん……」

優しく口づけられ、うっとりと目を閉じる。

心地よく意識が薄れていくのを感じながら、陸斗は正親の胸にすがりついていた。

陸斗はそのまま、泥のように眠っていたようだった。

正親が駆けつけてくれたときはまだ夕方だった気がするが、目が覚めると外は白々と夜が明けていた。陸斗の横にはもう一組布団が敷かれていて、残り香からするとそこに正親が寝ていた形跡があるものの、もう起き出したのか部屋には誰もいなかった。

(正親さん、早起きだな)

気を失ったときの状況を思い出して体を確かめると、陸斗は浴衣のような寝間着を着ていて、体は清められてさっぱりとしており、胸と腹の傷ももう治りかけていた。

獣の耳と尻尾もなく、ちゃんと人の姿に戻っている。まずはほっとして、布団の上に起き上がろうとしたのだったが……。

「いっ……！」

甘苦しい腰の痛みに驚いて、思わず布団に突っ伏す。今まで経験したことがないタイプの腰痛だが、これはもしや、昨日の行為の名残なのだろうか。

「……ああ、起きたのか。おはよう、陸斗」

細く開いていた障子の間から正親が顔を出し、明るく声をかけてくる。

慌てて起き上がろうとしてまた腰の痛みを感じ、小さくうめくと、正親が慌てて持っていた盆を廊下に置き、傍に来てそっと腰をさすって言った。

「起き上がるならゆっくり動いたほうがいい。腰、痛むんだろう？」

「はい。これってやっぱり、昨日の……？」

「一般的に、初めてだとそうなることが多い。もう少し加減してやりたかったんだが、俺も途中で抑えられなくなってしまって……。すまなかったな」

正親が申し訳なさそうに言う。

でも、「抑えられなくなって」いたのは、むしろこちらのほうだろう。初めてなのに気持ちよくなってあんあんと声を上げ、ひたすらみっともなく啼き乱れていたのだ。

思い出したら急に恥ずかしくなってしまって、正親の顔をまともに見られない。

腰が痛いふりをして顔を背けると、正親が自分が寝ていたほうの布団を畳んだ。

奥に押しやられていた座卓をそこに移動してから廊下に戻って、茶が入っているらしい大きな急須と、布巾ののった盆を持ってきた。

座卓の上に盆を置いて、急須から湯飲みに茶を注ぎながら、正親が言う。

「朝食代わりにと、ここの厨房の職員が握り飯を用意してくれたんだ。起きられそうなら食べてくれ。俺も、一ついただこうかな」

正親が布巾をめくり、海苔が巻かれた大きな握り飯を取って食べ始める。

そういえば、昨日祖母たちと昼食を食べてから何も食べていなかった。

空腹感を覚えたので、陸斗はそろそろと起き上がり、座卓に近寄って握り飯を一つもらった。ぱくりとかぶりつくと、海苔のいい香りがして、具の鮭の塩味が優しく口に広がった。

しみじみと美味しい味。どうやら味覚も含め、ちゃんと人間に戻れたようだ。

(やっぱり、血をもらうのとは全然違うんだな)

昨日の自分の痴態を思い出すと本当に恥ずかしいが、今朝の陸斗は体がとても落ち着いているのを感じる。気持ちも穏やかで、不安感などもない。やはり一族の長との体の交わりは、獣人である陸斗の心身の安定において、重要なことなのかもしれない。

とはいえ、行為そのものは完全にセックスなわけで、気軽にできるようなことでもないだろう。だからこそ、長に娶られるという慣習があったのだろうし……。

「……あれ。正親さん、包帯は……？」

昨日袖口から覗いていた包帯がなくなっていたので訊ねると、正親がなぜかぎくりとしたようにこちらを見た。それからふいと目をそらして、短く言う。

「……外した。もう治ったからな」

「治った？」

「ああ。見るか？」

正親が言って、左の袖をまくり、腕を見せてくれる。腕の筋に沿ってピンク色の傷痕らしき線が一本入っているが、確かにもうすっかり治っている。

でも、昨日はあんなに濃厚な血の匂いをさせていたのに、一晩でここまで治るなんて信じられない。陸斗は怪訝に思いながら訊いた。

「あの……、おととい負った傷だって言ってましたよね？」

「言ったな」

「もしかして正親さんにも、傷が早く治る能力が？」

「まさか！　俺にはそういう能力はないよ。これは、だな……」

正親が言いよどみ、少し考えるふうに黙ってから、こちらを見て言った。

「きみが治してくれたんだ」

「俺が？」

「ああ。獣人であるきみには、強い治癒能力がある。そのきみと交わったから、俺の怪我も治癒した」

「でも、俺は何も能力を使っていないですよ？」

「そこは俺の血と同じだ。能力を使わなくても、体液を交わらせるだけで効果がある。だから、きみが獣化してしまうこともないのさ」

淡々とされた説明に驚かされる。自分の体の傷を素早く回復させるだけでなく、交わった人の怪我まで治せるなんて、まさか思いもしなかった。

でも、それはつまり、陸斗との交合は陸斗本人ばかりでなく、正親にとってもメリットがあるということではないか。

そういえば、狐人の瞬は、当主の番になって役に立てるなら嬉しいと言っていた。あれは傷を治す能力のことを言ったのではないか。

魔獣退治で常に体を張り、怪我をしがちな「月夜守」の一族の長にとって、その能力はとても役に立つはずだろう。

(……やっぱり意味があったんだ、番の慣習には)

正親は、それを野蛮だと言ってしなかった。慣習だと言って最初から陸斗を番にすることもできたはずなのに、彼はそうしなかったのだ。

そこには何か、彼なりの理由があるのだろうか。

「……正親さん。俺は昨日、手当てをしてくれた狐人と、少し話をしました」

「瞬くんのことかな?」

「はい。もうすぐ狐塚一族のご当主の番にしてもらえるそうで、役に立てるなら嬉しいと言っていました。番になるべく育てられてきたとも言っていて」

「ここの家は、昔からそういう方針だからな」

「でも、大狼の家の人たちも、俺が正親さんと番になることを期待している気がします。俺と抱き合うと怪我が治ると知っているなら、そのことだけでも、期待するようになるのは当然だと思います」

陸斗の言葉に、正親が驚いたように顔を凝視してくる。正親を真っ直ぐに見つめ返して、陸斗は続けた。

「なのに正親さんは、今まで一度も、俺にそうしてほしいとは言いませんでした。俺が最初に無理だって言ったから、俺の気持ちを尊重してくれているのでしょうが、もしもそういうものだから、って言われてたら、俺は応じていたかもしれません。どうして、そうしなかったんですか？」

陸斗としては、至って素朴な疑問を口にしただけのつもりだった。

だが正親が目を丸くして絶句したので、妙なことを言っただろうかとひやりとする。

おかしな沈黙が落ちる中、しばし見つめ合っていると、やがて正親が薄い笑みを浮かべて言った。

「きみに、嫌われたくなかったからさ」

「そんな、嫌うなんて。命の恩人なのにそんなこと」

「きみならそう言ってくれるかもしれないと、考えもしたよ。でもきみは無理だと言っていたし、慣習だからと言いくるめたりするのは、騙すみたいで俺が嫌だったんだ」

正親が言って、それから不意に、どこか真剣な目をした。

「だが、騙していたのは俺自身だったのかもしれないと今は思う。もう、きみに嫌われないだけでは駄目なんだ。俺は昨日、それをはっきりと感じた。一人の男としてな」

「……？　それって、どういう……？」

問いかけた、そのとき。

誰かが廊下を歩いて部屋に近づいてくる音がしたので、障子のほうを見た。

慌てた様子で障子を開いたのは、弓弦だった。

「……正親、ご自分の刀を持ってきていますか？」

「ああ、車にある。どうした？」

「魔獣の追跡に協力していただきたいのです」

「今すぐか？」

「はい。一刻を争います」

「……承知した。すぐに行こう」

正親がいつになく険しい顔つきで言って、すっと立ち上がったので、陸斗もあとに続こうとしたが、正親が手で制した。

「きみはここにいてくれ」

「え、でも……？」

「体調が万全じゃないだろう？　弓弦、かまわないな？」

「ええ、もちろんです」

「では行こう」

正親が告げて、弓弦と部屋を出ていく。

何やら緊迫した雰囲気の二人を、陸斗は声もなく見送っていた。


「こちらが資料室です。どうぞ、陸斗さん」

「ありがとうございます。……わ、すごい部屋だな」

正親たちが出かけてしばらくして、部屋に瞬がやってきた。

弓弦から、留守番している間、この支部にある「月夜ノ森」の活動資料を陸斗に見せてあげたらどうかと提案されたそうで、陸斗を案内してくれたのだ。

部屋は小さな図書室みたいになっていて、書架にはファイルや本がたくさん並んでいる。

壁には日本に生息する様々な野生動物のパネルがかけてあった。

「この部屋にある資料の場所はだいたい覚えています。何か、見たいものはありますか？」

「ええと、そうですね……。狼神獣の血族のことが書かれたものは、ありますか？」

「それでしたら、こちらです」

瞬が言って、部屋の奥のほうの書架にいざなう。

「この棚全部が、狼神獣の血族の資料になります」

「えっ、こんなにたくさん……！」

「ニホンオオカミについての文献なども入っていますからね。大まかな歴史がわかるものから、お読みになってはいかがでしょう？」

上から下まで、古い本やファイルでいっぱいの棚を前に、どれを手に取ったらいいのかわからずにいると、瞬が何冊かの本とファイルを取り出して、閲覧テーブルに持っていってくれた。

もしや瞬は、ここにあるものをすべて読んだのだろうか。

「瞬さんは、読んだことがあるんですね？」

「この部屋の資料はほとんど読みました。資料室の管理は弓弦様がなさっているのですが、もう十年くらい、お手伝いをさせてもらっています」

「そうだったんですね……」

ほとんど外に出たことがないと聞いたときは驚いてしまったが、彼は一族の中にきちんと居場所があって、ちゃんと仕事も与えられているようだ。幼い頃に獣人に生まれ変わって、そのまま自然に組織の一員として育ってきた、ということなのかもしれない。

「僕はデータの整理をしていますので、ほかに興味のあるものなどありましたら、声をかけてくださいね」

瞬が言って、狐の尻尾を振りながら、部屋の反対側にあるパソコンが置いてあるデスクに向かう。陸斗は閲覧テーブルに積まれた資料を読もうと、椅子に腰かけた。

（そっか。そういえばニホンオオカミって、絶滅してるんだよな……）

瞬が見繕ってくれた本やファイルはどれも面白く、夢中で読んでいたら、あっという間に二時間ほどが経っていた。

狼神獣の血を引く大狼家の代々の魔獣退治の記録はもちろん、野生動物の保護活動の詳細などについても、陸斗には初めて知ることが多かった。

ニホンオオカミがすでに絶滅したとされていることは、なんとなく聞いたことがあったが、何度も魔狼に出会っているせいか、いまひとつ実感がなかったのだ。

けれど魔獣の歴史に関する資料には、野生の獣が魔獣化するのは、人間に生息地を奪われ続けてきた恨みゆえなのかもしれないとあった。

あの魔狼のリキも、昔は普通の狼だったのだと思うと、なんとも複雑な気持ちになる。

（じゃあリキが言っていたのって、もしかして……？）

「里を手に入れる」と、リキは言っていた。

それはもしかしたら、安住の地を探しているとか、そういうことだろうか。

でも、魔獣は人間を食らうことで生き延びる魔物だ。安住の地なんて、そもそもあるわけもない。

群れにしても、魔獣化した獣が力の強い個体に支配される形でかたまりになっているだけで、遺伝的なつながりがあるわけではないのだ。リキのように、人間に似た思考で話す個体も、かなり珍しいようだった。

一方で、大狼家や狐塚家、熊野家のような神獣の血を引く一族は、協力者の人間を除けば皆ほぼ血がつながっている。

たまに生まれる獣人を眷属にしたときの記録もいくつか見たが、多くの獣人が一族の長やそれに準じる立場の者に娶られ、番として生涯を送ったとされている。

正親がそのやり方を踏襲しなかったことが、むしろ不思議なくらいだ。

(俺に嫌われたくなかった、って、言ってたな)

陸斗としては正親を嫌ったりはしないと思っているが、嫌われたくないという気持ちそのものはわからないではない。

神獣の血族の長と獣人という特殊な人間関係に限らず、無理に何かを強制したり、されたりということがある間柄の人間同士が、きちんとした信頼関係を築くのは難しいだろう。

日本刀一本で魔獣と対峙し、常に危険と隣り合わせの「月夜守」にとって、仲間と信頼し合えない状態というのは、おそらく致命的なことだ。

非戦闘員である陸斗にも、そのくらいの想像はつくのだが。

(……そのあとに言ってたことは、どういう意味だったんだろう?)

『もう、きみに嫌われないだけでは駄目なんだ』

『俺は昨日、それをはっきりと感じた』

『一人の男としてな』

正親の言葉を、頭の中で少しずつ思い出しながら反芻する。

相手から嫌われないというのは、人間関係では最低限クリアすべき条件というか、ある意味スタートラインのようなものだと思う。それだけでは駄目ということは、もっと信頼関係を深めていきたいということだろうか。

でも、一人の男として、というのは……?

「……あ……」

デスクで作業をしていた瞬が、不意に立ち上がる。

どうしたのだろうと顔を上げると、どこからか人声がしてきた。

「お帰りのようです」

瞬がそう言ってこちらを見たので、陸斗も立ち上がって、一緒に部屋を出た。

玄関に行くと、たたきに正親が立って、こちらに軽く手を上げた。

「ただいま、陸斗。資料室を見せてもらったか？」

「あ、はい。とても勉強になりました」

「それはよかった。ここの資料はまとまっていて見やすいからな」

うなずきながら、正親が言う。

いつもどおりの様子だが、正親の表情にはどこか陰りがある。

もしかして、何かあったのだろうか。

開け放たれた玄関の引き戸の向こうに目を向けると、玄関の前に黒ずくめの「月夜守」たちがいて、弓弦と話しているのが見えた。

彼らも魔獣の追跡から戻ってきたところなのだろう。

(……あの子も、「月夜守」なのかな……？)

「月夜守」の中に、十代半ばくらいのひときわ若く見える者がいたので、なんとなく気になってしまう。ここからだとよく見えないが、泣いている……？

「……陸斗、支度をしてくれ。帰るぞ」

「え、今すぐですか？」

「そうだ。元々、朝一で帰るつもりだったんだ。今すぐ出れば、日が暮れる前には……」

「……今すぐ出る？　その状態で長時間車の運転をするなんて、正気ですか、正親っ？」

家に入ってきた弓弦が、驚いたように言う。

「私はちゃんと見ていましたよ。あなたは、さっきっ……！」

「大丈夫、なんともないよ。魔狼どもの動向も気になるし、なるべく早く帰りたいんだ。世話になったな」

正親がさえぎるように言って、陸斗に告げる。

「車で待ってるから、用意ができたら来てくれ。じゃあな、弓弦」

「正親、お待ちなさい……！」

止めるのも聞かずに、正親が玄関を出ていく。

あとを追いかけていく弓弦を、陸斗は戸惑いながら見ていた。


帰り支度をして車まで行くと、正親と弓弦が何やら少し難しい顔をして立っていた。

やはり何かあったのだろうとは思ったのだが、その場では訊けない雰囲気だったから、陸斗は弓弦に礼を言って車に乗り、正親の運転で帰路に就いた。

けれどしばらくして、正親が時折、痛みをこらえるように眉根を寄せているのに気づいて、弓弦が言った言葉を思い出した。

血の匂いなどはしないが、正親は負傷しているのではないか。

「あの、正親さん。もしかして、怪我とかしてませんか?」

赤信号で停車中、おずおずと問いかけると、正親がちらりとこちらを見た。

軽く肩をすくめて、正親が答える。

「さすが、感覚が鋭いな。でも大したことはない。こうして車に乗るまでは、きみだって気づかなかっただろう?」

「それは確かに、そうですが」

「どちらかというと怪我よりも、気持ちのほうがめいってる。弓弦のところの若いのにも、つらい思いをさせてしまったしな」

正親が哀しげに言って、前を見る。信号が変わり、車が走り出したところで、陸斗は訊いた。

「若いの、というのは、さっき外で泣いていた人のことですか?」

「ああ。彼は今日が初めての現場だったんだ。最初の現場で犠牲者を見送ることになるなんて、そうあることじゃない」

「……犠牲者が……。そうだったんですね」

魔狼の群れに襲われて死にかけた、あの最初のとき以来、人が犠牲になる場面に遭遇したことはなかった。

だが組織で働く以上、いつかそういう事態に直面することもあるかもしれない。

目を背けてきたわけではないつもりだが、あまり考えたくない現実だ。

「『月夜守』として生きる以上、何度もああいうことはあるし、慣れてしまうこともない。きみが獣人になったあのときも、俺にもっと力があったら、きみの同僚たちを助けられたかもしれないと、ずいぶん悔やんだよ」

顔を前に向けたまま、正親が言う。

「きみが狼人になって生き延びてくれたことは、本当に奇跡だと思ってる。でもだからといって、目の前で死んだ人たちの無念を、まだ死にたくないと言って泣く人の顔を、忘れられるわけもなくて……」

言いかけて正親が口をつぐみ、苦笑する。

「……やれやれ。こんな泣き言を言うようじゃ、一族の長として失格だな。すまん。聞かなかったことにしてくれ」

(正親さん、そんなふうに思っていたんだ……?)

いつも鷹揚で、何事にも動じることのない、頼もしい人。

それが陸斗が見てきた正親だ。

でも本当は誰かが犠牲になるたび、人知れず深く心を痛めてきたのかもしれない。

当然のことだと思うし、つらい気持ちを口にしたからといって、長として失格だなんて思わない。

むしろ人の上に立つ立場だからこそ、弱音を吐くのすらも我慢してきたのだったら、いつか心が折れてしまうのではないかと不安になる。

負傷しているのに黙っていたり、長として強がろうとしたり。

親族たちの前で、彼はずっとそうしてきたのか。大狼一族の長として……？

(俺にだったら、いくらでも泣き言を言ってくれていいのに)

陸斗はよそから来た存在で、昔からのしがらみなどもない立場だ。

自分に対してなら強がる必要もないし、もっと弱いところを見せてほしい。

「月夜守」が感じる痛みを同じように経験することはできないかもしれないが、せめて気持ちを受け止め、支えたいのだ。

そんなことを思うのは、おこがましいだろうか。

「……高速も順調に流れているようだな。このぶんなら、かなり早く着くだろう」

正親が話を変えるように言う。

痛みのためなのか、正親がまた小さく眉根を寄せたのに気づきながらも、陸斗は黙って前を見ていた。

(やっぱり、ちゃんと診てもらったほうがいいんじゃないかな?)

正親が新潟支部の門に車を入れたところで、陸斗はちらりとそう思った。

高速道路に入ってからここまで、車はとても順調に走ってきたが、正親はやはりどこかつらそうだった。獣人の能力を使わずとも、しばらく観察しているうちに、正親が胸か脇腹のあたりを負傷していて、そこが痛むようだとなんとなくわかった。

支部では、簡単な傷の手当ては元看護師の親族の女性二人が担当しているが、手に負えないほどの重傷の場合、近所で外科医院を開業している組織の協力者の医師に診てもらうことになっている。

もしもそうなったら付き添いをしようと思っていると、駐車場に止めてある出動用のワゴン車のところに武志と孝介がいて、荷物を積み込んでいるところだった。

「どうした。通報か?」

正親が隣に車を止め、降りて問いかけると、武志が言った。

「おかえりなさい、正親さん。通報っていえば通報なんですけどね」

「キヨさんが、もしかしたら魔狼だったかもしれないって」

その人のことは訊いたことがある。組織の協力者で、山あいで独り暮らしをしている高齢女性だ。

何代か前の長の血を引いているとかで、遠くからでも魔獣を感知する能力を持っているが、年齢のせいか空振りも多いらしい。だが年も年なので、通報があったときには必ず様子を見に行くことになっているようだ。

「見間違いかもしれないですけど、とりあえず二人で行ってきます」

武志が言うと、正親がしばし考えて言った。

「そうか。最近顔を出していないし、俺も行こうかな」

「……っ！　駄目です！」

思わず助手席から間髪を入れず言うと、武志と孝介が驚いたようにこちらを見た。

陸斗は車を降り、正親が立っている運転席側に回り込んで言った。

「正親さんは負傷しているんだから、ここは二人に任せてちゃんと治療しないと駄目です」

陸斗のきっぱりとした口調に、孝介がはっとして訊いてきた。

「え、正親さん、怪我してるんですか？」

「いや、大したことは……」

「嘘です。獣人の俺には、ちゃんとわかるんですから！」

どうしても行かせないと訴えるようにそう言うと、正親が何か言いたげに口を開きかけたが、にらむように顔を見据えたら、やがて小さくうなずいた。

「わかった。きみがそうまで言うなら、行くのはやめておこう。武志、孝介。任せたぞ」

「了解っす」

「行ってきます」

二人が答えて、車に乗る。出かけていく二人を見送って、正親が訊いてくる。

「さてと。俺はどうしたらいい？」

「まずは家に戻りましょう。怪我の程度を見て、必要ならお医者さんに診てもらうんです」

「きみの言うとおりにしよう」

正親が諦めたように言って、家のほうに歩き出す。陸斗は彼を気づかいながらついていった。

「……わ、なんです、これっ？」

「護符みたいなものだ。怪我をしても、ひとまずこれを貼っておけば痛みを封じられる。普通は周りにも気づかれないいんだが……、まあ万事抜け目のない弓弦をごまかすのは難しいし、きみにもばれてしまったな」

二人で家の居間に座って、正親がシャツを脱ぐと、左の肋骨から脇腹のあたりにお札のようなものが貼ってあった。

その下の皮膚には痛々しい赤紫色のあざが広がっており、腫れているのがわかる。いわゆる打ち身だとは思うが、もしや骨が折れているのではないか。

「こんなひどい怪我をしてるのに、どうして隠してたんですか？」

「これくらいはよくあることだし、きみに心配をかけたくなかった」

「そんな……、痛みを我慢して運転していたなんて、そっちのほうがよほど心配ですよ！」

そう言ってから、ふと思い出す。泰典も弓弦も、同じことを言っていたではないか。

「こういうことだったんですね。熊野さんや狐塚さんが、あなたが無茶をすると言っていたのは」

「それは、その……、二人は幼なじみだし、昔の俺を知っているから……」

「今だって昔と変わらないから、あえてそうおっしゃるんじゃありませんか？　俺から見ても、正親さんは一人で背負い込もうとしすぎなんじゃないかと思います」

陸斗は言って、ためらいながらも続けた。

「ぽっと出の俺が言うことじゃないかもしれないけど……、もっと周りにも俺にも、心配かけて頼ってください。泣き言だって言ってください。仲間でしょう？」

「陸斗……」

勢いで言ってしまったが、自分でもこんなにすらすらと言葉が出てくるとは思わず、生意気を言ったのではないかと少しばかり焦る。正親もやや驚いた様子だったが……。

「……仲間か。確かに、そうだな」

どことなく感慨深げに正親が言う。

「本当に、きみの言うとおりだよ。魔獣と戦う者は皆仲間だと思っているし、信頼してもいるのに、いざとなると周りに頼ることができず、自分一人でどうにかしようとしてしまう。もしかしたらそれは、俺の傲慢さなのかもしれないな」

「傲慢だなんて、そんなこと」

「いや、いいんだ。ある意味そうでないとやってこられなかったしな。でもこれからはそれじゃ駄目なんだって、きみが気づかせてくれた。感謝するよ」

正親が言って、笑みを見せるが、傷が痛むのかウッとうめいて護符の上から胸を手で押さえる。やはり医師に診てもらったほうがいいのでは。

（……と思ったけど、もしかしたら……）

昨日、正親は腕に怪我をしていたが、陸斗と抱き合ったらすっかり治っていた。

ということは……。

「あの、もしかしてその傷も、治ったりするんですかね、昨日みたいに俺を抱いたら？」

思い浮かんだ素朴な疑問をそのまま口にすると、正親がぎょっとした顔でこちらを見た。

陸斗は慌てて言った。

「あ、いえ！　そうしましょうってことじゃないんです！　ただ、何か俺にできることがあるのなら協力したいってだけでっ。昨日みたいにしたら、正親さんにだって負担がかかってしまうだろうし！」

「……負担は別に、それほどでもないと思うが……、そうか。やはりそうくるか」

正親が納得したように言って、小さく首を横に振る。

「きみがそんなふうに考えてしまうかもしれないと思ったから、負傷したことを黙っていたところもあるんだ。念のため言っておくが、獣人の治癒能力はきみだけのものだ。俺がそれを当てにするのは筋違いだし、きみが差し出す必要もないんだぞ？」

「それは、そうかもしれません。でも俺としては、何かさせてもらえるほうが、むしろありがたいというか」

「……ありがたい？」

「はい。だって俺、今までは血をもらうばかりで、こちらからは何も返すものがなかったから、なんとなく申し訳ないなと思っていたんです。でも俺にもできることがあるんだって思ったら、ちょっと嬉しい気持ちもあって」

陸斗は言って、昨日の行為を思い出して続けた。

「昨日のあれも、考えていたほど無理ってことはなかったんです。想像していたよりも、ずっとよかっ……」

（……って、何言ってるんだ、俺はっ？）

思わぬことを言いかけて、陸斗ははっとした。

これではまるで、抱いてもらったことを喜んでるみたいじゃないかっ……？

「いえあのっ、違うんです！　昨日みたいなことじゃなくても、本当にただ、できることがあるならしたいって思ってるだけです！　俺の血が効くとかなら差し上げますし、正親さん、前に俺を馴らすのには撫でるだけでも効果があるって言ってたじゃないですかっ？

俺はそういうことを言ってるんでっ……」

焦りで頬が熱くなるのを感じながら、ごまかすように早口で言うと、正親がまじまじと顔を見つめてきた。探るような口調で、正親が訊いてくる。

「ものすごく今さらなんだが、きみは、その……、昨日のあれが、嫌では、なかったか？」

「……嫌、ということは、なかったです」

「無理しなくていいぞ？　やっぱりああいうのはちょっと、とか思うところがあったなら、遠慮せずに言ってくれていいんだ」

「なかったです、それも。興奮しすぎてわけがわからなくなってて、あんまり覚えていないところもありますけど、不快な記憶は全然なくて……」

むしろ気持ちがよすぎて怖かったくらいだが、それはさすがに言うのが恥ずかしいので黙っておく。陸斗の言葉を吟味するようにしばし黙ってから、正親が言う。

「……それを聞いて安心したよ。まあ、だからといってその言葉に甘えるのはどうかと思うし、わざわざきみの体に傷をつけてまで血をもらうのも気が引けるから、どちらも求めはしないが……、実は一つ、試したいことがあるんだ。もちろん、きみさえよければ、だが」

「どんなことでしょうか？」

できそうなことがあるなら自分も試してみたいと思い、身を乗り出すようにして訊ねると、正親がためらいを見せながらも切り出した。

「キスは、どうかなと」

「キス……？」

「ほかのことに比べると、それこそ負担が少ないんじゃないかと思うんだが」

予想外の提案に、応答できずに固まってしまう。

昨日抱き合ったときにキスをされたが、かなり鮮烈な反応が起こった記憶がある。

もちろん嫌な感じはしなかったし、肉体的な負担という面で重くもないとは思うのだが……。

(でも、キス、か……)

それよりももっと深いつながりを経験したのに、性的な経験がほとんどないせいか、キスにはほんの少し特別感がある。

うぶな考えかもしれないが、あれは恋人同士でするもののような、そんな気もして……。

「……うん。やめておこうな」

「えっ」

「少し調子に乗りすぎた。きみを戸惑わせてすまない。この怪我は、やはりちゃんと医者に診て……」

「い、いえ、大丈夫です！　してみましょう、キス！」

「しかし……、本当にいいのか？」

「いいんです！　上手くいったら儲けものじゃないですか。ええと、じゃあ、お願いします！」

自分からキスしたことなどないので、正親に顔を向けて目を閉じる。

色気も何もないけれど、そういうつもりでするわけではないので、あまり気にしなくてもいいだろう。それでも少しドキドキしながら待っていると、ややあって正親が、コホンと一つ咳払いをして告げた。

「……じゃあ、試してみようか。楽にしていてくれ」

耳に届いた正親の声が、なんだか少し甘く聞こえたから、脈が速くなった。

ますます熱くなった頬にそっと手を添えられ、優しく口唇が重ねられる。

「……ん、ん……」

ちゅ、ちゅ、と何度かついばむみたいにされ、柔らかい感触にうっとりとため息が洩れそうになる。

キスは昨日、正親にされたのが初めてだったが、やはり少し特別な行為のような感じがする。

どう考えてもセックスのほうが、より深く濃いつながりのように思えるのに、キスのほうがより親密な行為のように感じるのだ。

相手の表情で気分を察したり、言葉を交わしたりはしないのに、心が通い合うような。

「ぁ、んっ……」

口唇の合わせ目を開くように正親の舌が滑り込んで、上あごや歯列の裏をまさぐってくる。

彼の舌はまるでそれ自体が生き物みたいに、陸斗の口腔を自在に這い回る。肉厚で熱い舌に身の内を味わわれるだけで、体の芯が熱くなる。

もっと濃密に触れ合いたくて、おずおずと舌を差し出すと、ぬるりと搦め捕って口唇で吸い立ててきた。

「ん、ふっ……、ぁ、む……」

甘く蕩けそうな口づけに、体がじわじわと昂ってくる。

血の一滴を味わうときよりも、やはり口づけは強烈な反応をもたらす。

昨日と同じく、強い酒に酔ったようになって、ぐらぐらと上体が揺れてきたから、正親にすがろうと手を伸ばした。

すると正親の手が後頭部と腰に添えられ、ぐいっと体を抱き寄せられた。

「は、ん……、ふ、ぅ……」

手で頭の角度を固定され、キスをぐっと深められたから、知らず息が乱れる。

上あごの奥のほうを舌でやわやわとなぞられて、ぞくぞくと身が震える。

しびれかけた舌をちゅる、ちゅる、と吸われ、舌下を舌先で優しく愛撫されたら、背筋にビンビンと淫靡な感覚が走った。口づけだけで体が反応してしまって、下腹部のあたりにも怪しい熱が集まってくるのがわかる。

正親のキスは、まるで欲情のスイッチだ。昨日はこのまま体に触れられ、セックスしたのだと、甘い記憶がよみがえってくるけれど――。

「……ぁ……」

淫らな欲望に意識を支配される寸前。

潮が引くように、正親の舌が口腔から出ていき、口唇がすっと離された。

たまらないほどの喪失感を覚え、追いかけるみたいに瞼を開くと、目の前に正親の端整な顔があった。

(……?)

陶然とした目で見上げた正親の顔には、どこか切なげな表情が浮かんでいる。

本当はキスを終わらせたくなかったのに、無理やり終わらせたかのような顔つきだ。もしかして正親も、この口づけで昂って……？

「……すまん、ちょっと、力が入りすぎたな」

正親が歯切れ悪く言って、申し訳なさそうに訊いてくる。

「気分が悪かったりは、しないか？」

「いえ、その……、大丈夫、です」

こちらとしてはむしろ気分がよくなりかけていたのだが、なんとなく恥ずかしくて、頬が熱くなる。

顔を見ていられず、さりげなく目をそらすと、正親が気を取り直したように言った。

「だが、こっちのほうはどうやら上手くいったようだ。ほら、見てくれ」

「……？　あっ……！」

正親が視線で指し示したので、左の肋骨から脇腹にかけての打ち身の痕を見てみたら、赤紫色のあざが治りかけのときのような茶色に変わっていた。

護符をはがしてみると、腫れもだいぶ治まっているようだ。

あざにそっと触れて、正親が小さくうなずく。

「だいぶ楽になった。やはりキスも有効なんだな」

そう言って正親が、真面目な顔で言う。

「きみのおかげで、獣人の治癒能力についての貴重な経験を得られた。協力に感謝するよ、陸斗」

「……お、お役に立てて、何よりですっ」

至って艶めいたところのない正親の言葉に、慌てて笑みを見せる。

あまりに濃密な口づけに、うっかり欲情しそうになってしまったが、このキスは陸斗の能力を試してみるためにしたことだ。

それ以上の意図はないと改めて言ってもらえて、なんとなくほっとする。

けれど同時に、どこか寂しいような残念なような、そんな気持ちも湧いてくる。

どうしてそんなふうに思うのか、自分でもどう受け止めていいのかわからずモヤモヤしていたら、正親が遠慮がちに言った。

「……ところで、実はもう一つ、試したいことがあるんだが」

「なんです？」

「その、なんだ……、添い寝を、してほしいんだ」

「添い寝？」

それも獣人の治癒能力を試す一環なのだろうか。

顔をまじまじと見ると、正親はどことなく頼りなさそうな目をしていた。ただ単に心細いとか、そういうことだったり……？

（でも、ひとまず横になってもらったほうがいいのは確かかも）

朝から魔獣追跡に駆り出され、その後の長距離ドライブで疲れてもいるだろうから、ここは少し休んでもらうのがいいだろう。

添い寝ならキスに比べたらずいぶんカジュアルな行為だし、気持ちを乱されることもないはずだ。陸斗はそう思い、うなずいて言った。

「いいですよ。添い寝しますから、少し休んでください」

陸斗が座布団を二枚、傍に引き寄せると、正親が傷をかばいながらゆっくり動いて、座布団の上に頭を乗せて横になった。ふう、と一つ息を吐いて、正親が言う。

「どうやら横になっても大丈夫そうだな。キスを試さなかったら横にもなれなかっただろうし、眠るのも一苦労だっただろう」

「え、そんなにですかっ？　それ、我慢してたんですかっ？」

「まあな。正直に言うと叫びそうだった」

「もう、何言ってるんですか！　本当にそういうの、よくないと思いますよっ？」

いくらなんでも、そんなにも我慢するなんて強がりにもほどがある。

半ば呆れながら並んで横になると、正親が苦笑した。

「確かによくないことだな。でも、ついこらえてしまうんだ。人前であまりカッコ悪いところは見せられないと、ずっとそう思ってきたから。まあ添い寝してほしいっていうのも、だいぶカッコ悪いことかもしれんが」

「正親さんはカッコいいですよ！　みんなだってそう思ってます！」

思わず力いっぱいそう言うと、正親が驚いたように瞠目した。

少し考えて、陸斗は続けた。

「でも……、それはたぶん、正親さんがつらいのを我慢しているからなんかじゃないと思います。あなたの生き方とか、ものの考え方とかがカッコいいから、ただ素直にそう思っているんじゃないでしょうか？」

「そうかな」

「そうですよ。少しくらい泣き言を言ったって、みんなが正親さんを慕う気持ちは変わらないと思いますよ？」

「きみも、そう思ってくれているのか？」

「もちろんです！」

陸斗は断言するように言って、続けた。

「さっきも言いましたけど、もっと頼ってください。つらいときはつらいって言ってください。仲間なんですから」

「そうか。……ふふ、きみは、優しいんだな」

正親がささやくように言って、目を閉じる。

「……でもそんなふうに言われたら、俺はもしかしたら、不埒なことを考えてしまうかもしれないな」

「なんですか、不埒なことって？」

「求めてしまうかもしれないってことさ。今までずっと、自分には許されないことだと戒め、避けてきたことを」

「……？」

目を閉じたまま、正親がそんなことを言うので、戸惑いを覚えて顔を見た。

自分には許されないこと。

重い感じのする言葉だが、それはいったいどういうものなのだろう。まるで見当がつかないし、いつも朗らかで、明るく鷹揚な正親には、なんだか似つかわしくないように感じる。

誰かにそうすべきだと命じられていることなのか。それとも自分自身で戒めとしているのか。よくわからないけれど。

(でも、俺にもそういうの、あるかもしれない……)

事故で両親を失い、自分がしっかりしなければと思って高校をやめて働き出した。なのに世の中を知らなすぎて、人に騙されてみんなで夜逃げ同然に故郷を出ることになってしまった。

地方で働いてたまにしか帰らないでいるのは、そのことを引け目に感じているせいだし、自分のことは二の次で、祖母と佳奈の暮らしを第一に考えなければと、無意識に思ってきたところもある。だから友達関係もほどほどに、恋人を作ろうなんて思いもしなかったし、そもそも恋すらしないようにしていた。

自分とは背負うものも責任も比較にならないほど大きい正親だが、彼が言っているのも、もしかしてそういうことなのだろうか。一族の長としてのつとめをほかの何よりも優先しているから、怪我をしてもつらいことがあっても、泣き言一つ言わずにいるのか。

そう思うと、なんだかいじらしい。

「不埒っていうのも、少しはいいんじゃないでしょうか」

「……ん？　そう思うか？」

「だって、自分で自分を抑えてるってことでしょう？　別に悪事を働きたいとかじゃないなら、ありだと思います。ずっと我慢ばかりしていたら、どこかで苦しくなっちゃうかもしれないですし」

半ば自分に言い聞かせるように言うと、正親がそうか、と小さくささやいた。

やはり疲れていたのか、だいぶ眠そうな声だ。

(やっぱり正親さんを、支えたいな)

獣人になった陸斗を、正親は何度も支えると言ってくれている。

でも正親だって人間だ。苦しいこともあるだろうし、疲れてしまうことだってあるだろう。だったら陸斗のほうからも、彼を助け、癒やしてあげたい。獣人の能力を使って正親を支えることができるのなら、積極的にそうしていきたいと思うのだ。

それができる方法を、陸斗はずいぶん前から知っているではないか。

(番になるってことを、やっぱりちゃんと考えたほうがいいのかな?)

彼とのセックスが、想像よりもいいものだったのは確かだ。

抱かれるのは無理だという陸斗の意思を、彼が尊重してくれていただけならば、自分の中でそのハードルはだいぶ下がっていると感じる。キスも嫌な感じはなかったし、何より正親が信頼するに足る男性であることは、もう十分にわかっているのだ。

もしも改めて正親から、やはり番になったほうがいいのではないかと提案されたら、今ならもしかしたら応じてしまうかもしれない。

けれど、正親のほうはどうなのだろう。陸斗でなく正親のほうが、番の関係にはなりたくないと強く思っている可能性はないだろうか。

一族の長の責任として、昨日みたいな非常時に陸斗を抱くことはできても、本当は誰か別に想い人がいて、好きでもない陸斗を娶る気にはなれないのだとか……？

「……っ……」

一人で頭の中でぐるぐると考えていたら、どうしてか急に胸のあたりがちくりと痛んだから、思わずドキリとしてしまう。

思い返せば、正親と知り合ってから、彼とそういう話をしたことは一度もない。

親族の皆が、なんとなく陸斗に番になることを期待しているのを感じてはいるものの、彼らから正親の恋人や、結婚話などを聞いたこともほとんどない。

正親だっていい年だし、人が集まればごく普通に出るような話題だろうに、まるでそのことだけが、綺麗さっぱり抜け落ちているかのようだ。

ひょっとして何か触れてはならない事情でもあるのだろうか。正親には心に決めた誰かがいて、その人以外の誰とも、心を通わせる気はないのだとしたら。

（なんでこんなにモヤモヤしてるんだろ、俺）

人生経験が圧倒的に不足しているし、人情の機微にも疎いほうだと自覚はあるが、こういう感情をなんと呼ぶのか、知らないわけではない。

このモヤモヤは、たぶん見知らぬ誰か、もしかしたら陸斗の想像の中にしかいない誰かへの嫉妬だ。そんな気持ちを抱くなんて、自分は、正親のことを……？

「……あ……」

心の奥のほうに、自分でも予想外の想いが芽生え始めていることに気づいて、ドキリとしながら正親の顔を見た。彼はいつの間にか、規則的な寝息を立てて眠っていた。

(なんか、ヘンな気分)

正親がもう少し起きていたら、あるいは自分のほうから、番の話を切り出していたかもしれない。

そう思うと彼が眠ってしまったのは惜しい気もするが、同時にややほっとしたところもある。

心が落ち着かなくて、なんだかおかしな気分だ。

このまま退散しようかと思ったが、彼をしばし寝かせてあげるなら、何か体にかけないと風邪をひいてしまうかもしれないと、陸斗の中の冷静な部分が告げる。毛布でも持ってきたほうがいいだろう。

陸斗は音を立てないよう、そろりと体を起こした。

すると廊下のほうから、ちゃくちゃく、というような独特な足音が聞こえてきた。

そっと障子に近づいていき、少し開けると、ユキヒョウがぬっと中を覗き込んできた。

後ろにはアムールトラ、ピューマも続いている。正親のことが気になって見に来たのだろうか。

幼獣たちとの意思の疎通は正親にしかできないが、三頭とも陸斗を覚えてくれていて、ちょっとした言葉なら理解してくれる。陸斗は小声で告げた。

「……正親さん、疲れて寝ちゃったんだ。毛布を持ってくるから、それまでみんなで添い寝してあげててくれる？」

陸斗の言葉に、ユキヒョウが応えるようにふん、と鼻を鳴らして、のそりと部屋に入ってくる。続いてアムールトラとピューマも正親のところに行き、三頭で取り囲むように寝そべった。

客観的に見て、とても微笑ましい光景だ。

だがこの幼獣たちは、海外の「月夜ノ森」と同じような組織を通じて、正親に一時的に保護されているだけだ。こんなに懐いているのに、じきに元いた場所に戻っていくのは寂しいものだと、以前正親が言っていた。

陸斗は組織にも入ったし、ずっとここにいるつもりだけれど。

(ちゃんと、考えないと)

自分がここで何ができるのか。正親の傍でどう生きていきたいのか。

胸に芽生えたこの気持ちについても――。

陸斗は皆を一瞥してから、静かに廊下に出ていった。


それからひと月ほどが経ったある日のこと。

「もうすぐ着くぞ、陸斗」

「えっ、こんな都会の真ん中にあるんですかっ?」

「はは。初めて連れてこられると、みんなそう言うな」

高層ビルが林立する東京の都心。

陸斗は正親が運転する車に乗せられて、片側三車線の広い道路を移動していた。

以前泰典と遭遇したときに彼が言っていた、「月夜ノ森」の幹部の定例部会に出席する正親に連れられ、組織の本部を訪れるためだ。

正親は最初、陸斗を連れていく気はなかったようだが、皆が追っている魔狼のボス、リキとの遭遇を、本部理事会に出席して直接報告することになったのだ。

リキに壊された勾玉の首飾りも新調してもらったし、獣人の能力を使う場面などもなさそうなので、獣化の心配はしていないが、組織の偉い人たちの前で話をするのだ。緊張しすぎて獣の耳が飛び出してしまうかもしれない。

でも、もしもそうなったとしても、組織の本部では獣人の存在は誰もが知っている。獣の耳や尻尾が出ていても気にする人はいないと正親は言っていた。

ただ、もしかすると陸斗のことを正親の番とみなしてくる人が大半かもしれないとも言われている。いちいち説明するのも面倒なので、その場合はそれで通すとのことだった。

(……番の話、結局まだできてないな)

とあるビルの地下に車を入れ、駐車場に車を止めている正親を、ちらりと横目で見る。

弓弦の要請で参加した魔獣追跡で負った正親の傷は、一週間ほどですっかり治ってしまった。

キスのおかげだと感謝されたが、陸斗はあのキスを思い出すと、正直今でもドキドキしてしまう。獣人の能力を試すためのものだったと改めて思ったときの、どこか寂しい気持ちも、なんとなく忘れられないでいた。

正親のほうはもう、そんなことなどなかったみたいに、今までどおりの彼なのに。

(俺、やっぱり正親さんのこと……)

自分はもしかしたら、正親に心惹かれているのかもしれない。

あの日、自分でもまったく予想していなかった気持ちの存在に気づいて以来、陸斗の心はずっと揺れている。まったく恋愛の経験がないせいもあるが、相手が男性であることも、陸斗の戸惑いを増幅させているようだ。

何せ中高生の頃は、同級生の女の子に淡い気持ちを抱いていたし、いわゆる初恋の人は幼稚園の「まりなせんせい」で、男性にときめいたりするのはこれが初めてなのだ。

なのに彼とは、キスやセックスまでしている。

そのせいで気持ちを引きずられてしまっているのでは、とも思ったが、仮にそうだったとしても、胸の高鳴りやときめきは収まらない。自分の感情を偽物だと考えることもできなかった。

恋というのは落ちるもの、自分の意思ではどうにもならないものなのだと、この年にして初めて知って、一人焦ったり動揺したりしている。

番になることをちゃんと考えたい気持ちはあるが、それと恋心とを結びつけてもいいものなのかわからないし、もしも正親にその気はないと言われたら、自分がどう思うかもわからない。

あまりにもどうしたらいいのかわからなくて、いっそ恋心にも勾玉の首飾りが効けばいいのにと、そんなことまで考えてしまったりもして……。

「……おう、正親じゃないか！　獣人の、陸斗くんも！」

駐車場から上の階に上がろうと、正親とエレベーターの前に立っていたら、聞き覚えのある声で名を呼ばれた。

顔を向けると、ジャケットにネクタイ姿の泰典がこちらにやってくるところだった。

「じゅうじんさんっ？」

「おにいさん、獣人さんなのぉっ？」

「ええ！　すごーい！　僕獣人さんに会うの初めて！」

「みみとしっぽは、しまってあるのぉ？」

泰典の陰から、いきなり幼稚園児から小学校低学年くらいの男の子が四人現れ、陸斗はぐるりと取り囲まれた。この子たちはいったい……？

「……こら、みんな！　失礼だよ！」

後ろから慌てて追いかけてきた小学校高学年くらいの男の子が、年上らしく注意する。

五人は皆、顔立ちが泰典とよく似ている。泰典が申し訳なさそうに告げた。

「これはすまない。うちの息子たちが、失礼を」

「父さんが獣人だとか言うから……」

「そうだな、亮太《りょうた》の言うとおりだ。いやはや、本当に申し訳ない！」

亮太と呼ばれた高学年男子は、なかなか利発そうに見える。弟たちに信頼されているのか、手招きをすると皆いい子で亮太のほうに行き、注意を聞いておとなしくエレベーターを待っている。

でも、小さな子供たちの好奇心には悪意を感じず、陸斗は腹も立たなかった。

正親が笑って言う。

「しばらく見ない間に大きくなったな、亮太くん。今日はおまえだけか、泰典？」

「かみさんは来月また出産予定でな」

「というと、六人目か！　めでたいことだが、ちゃんといたわってあげてくれよ？」

「わかってる。彼女には一生頭が上がらんよ！」

わはは、と泰典が豪快に笑う。

エレベーターが来たのでみんなと乗り込みながら、正親が思い出したように言う。

「そういや、非常勤理事に内定してるんだったな。おめでとう、泰典」

「おう、ようやく長になる道筋ができたからな。おまえにもいろいろと指導を乞いたい。よろしく頼むよ」

「俺は無駄に年数が長いだけで、長としても理事会でも、まだまだ若造だぞ？」

「だからいいんだよ。幹部が若返らなきゃ、いつまで経っても古くさい組織のままだ。俺らで変えていかないとだろ？」

「それはまあ、そうだな。……なんて、本部でするには不穏な話をしているな、俺たちは」

正親が言って、ふふ、と笑う。組織の年齢層はそんなに高いのだろうか。

「……それはそれとして、正親。陸斗くんとは、そのう……？」

泰典の探るような問いかけに、はっとして顔を上げると、正親が即座に返事をした。

「すまん。ノーコメントだ」

「そうか。しかし、理事会に同席するんだろう？　もしかしたらいろいろと……」

「気づかいありがとう、泰典。でも大丈夫だ。理事たちに余計なことは言わせないよ」

丁寧だがどこかはねつけるような口調で、正親が言う。

短い沈黙のあと、エレベーターが止まると、正親がこちらを見てうなずいたので、陸斗は彼と一緒に降りた。

「じゃあ、またあとでな、泰典」

「おう」

なんとなく居心地の悪そうな顔で、泰典が右の手を上げる。

陸斗が子供たちに手を振ったので、ドアが閉まる前にぱあっと明るい顔が広がった。

少し空気が軽くなった気がしてほっとしていると、正親がすまなそうに言った。

「悪い。さっそく俺たちの関係を探られたな」

「いえ、俺は気にしてないです」

「理事会ではなるべくそういう話にならないようにするつもりだから、安心してくれ。じゃあ、行こうか」

正親がそう言って、廊下を歩き出したので、陸斗も慌ててついていく。

でも、はっきりさせないでいちいちごまかすのは、それはそれで面倒な気がしてきた。

陸斗としても、このところずっと番の関係になることについて話したいと思っていたのだ。

自分から話を振るなら、今をおいてチャンスはない気もする。

陸斗は正親に追いついて、顔を見つめながら言った。

「あ、あの！　もういっそ、番ってことでよくないですかっ？」

「えっ？」

「あっ……、いえその！　もうすぐその予定だとか、ひとまずそう言っておけば！」

番になることを一緒に考えたいと思っているのに、正親が予想よりも驚いた顔をしたので、慌ててその場しのぎの嘘を言うことを提案してしまった。

そんなつもりではなかったのだが……。

「……ああ、なるほど。そうか。そういう話か」

正親が納得したように言って、小さくうなずく。

「そうだな。俺以外の理事たちは皆昔かたぎだし、そのほうが通りがいいだろう。とりあえず、そういうことにしておこうか」

「……はい」

陸斗もうなずいて、正親と廊下を進む。

突き当たりの大きな両開きのドアの前に、案内板があるのが見える。理事会とやらが開かれる会場のようだ。ドアの前まで来て、正親が言う。

「入るぞ。何か質問されて困ったら、どんどん俺に振ってくれ」

「わかりました」

番の話はともかく、今は報告をしっかりしよう。

陸斗はそう思い、気持ちを切り替えるように深呼吸をした。

「……ほほう、なるほど。リキは人の姿に変身していたと」

「昔の記録にもなくはないが、さすがにまれだ。相当な知性の持ち主とみえるな」

「群れが広範囲にわたって移動しているのも気にかかる。町場で出られると退治するのも一苦労だからな」

「月夜ノ森」の理事たち三十人ほどで構成される理事会。陸斗がリキとの遭遇の報告をすると、丸テーブルのあちこちから驚きと懸念の声が上がった。

理事は、神獣の血族の長や、これから長になる者がつとめるものらしく、ほかの理事たちと正親とは同じ立場のはずだが、見た感じ年齢が一世代以上離れているように見える。

理事長は公親よりもさらに年が上に見える、かなり高齢の男性が担っていて、副理事長は弓弦の父親である、狐塚家の当主がつとめている。

正親が自分を若造だと言ったのは、謙遜でもなんでもなく、言葉どおりのことだったようだ。

「それで？　足取りはつかめているのかね、大狼理事？」

理事長が問いかけると、正親は首を横に振って答えた。

「いえ、それはまだです」

「なんと。優秀なきみにしてはやけに手間取るじゃないか？　せっかく番を得るのだから、しっかりしてもらわんとな」

「さよう、尊い神獣のご加護に報いることが、長たるもののつとめだ。魔獣の一個体に振り回されるようではいかんぞ？」

（……そんな言い方しなくてもいいのに）

正親の日頃の働きを見ているので、理事たちの物言いに反発心を覚えてしまう。

陸斗が以前働いていた派遣先でも、こういう感じで先輩風を吹かせる年長者はいたが、年が上の者たちの説教節というのは、どこに行っても同じなのだろうか。

正親がさっぱりと明るく答える。

「わかっています。早急に仕留めてごらんにいれますよ。何せ俺には、陸斗がついてるんですから！」

「……っ」

いきなり肩をぐっと抱かれ、嬉しそうな声でそう言われたので、頬が火照りそうになる。

まるで本当に番になる予定で、それを心から喜んでいるみたいな態度だ。そこまで芝居をしなくてもいいのにと思いつつ、なんとなくまんざらでもない気もする。

狐人の瞬の気持ちが、わかるような……。

「陸斗くんといったか。先日我が南関東支部に来てくれたのは、きみだな？」

不意に副理事長が、陸斗に話しかけてくる。あのときは会えなかったが、弓弦にも瞬にも世話になった。陸斗は慌てて言った。

「……あ……、はい、その節は、ご面倒をおかけしてしまい……！」

「いやいや、そんなことはないよ。うちにも獣人がいるから、きみが大変なことは皆わかっているからね。成人を過ぎて、まさか獣人に生まれ変わるなどとは、考えもしなかっただろう？」

副理事長が気づかうように言って、テーブルを見回して続ける。

「理事一同、きみが組織のために働く決意をしてくれたことを、心から感謝しているぞ」

「そのとおりだ。聞けばすでに能力を生かして、危険を承知で現場で『月夜守』たちの補佐をしてくれているとか？」

「理事会としても、きみ自身はもちろん、きみのご家族にも、できる限りの援助をしたいと思っている。困っていることがあったら、大狼理事を通じてなんでも言ってほしい」

正親にはあれだけきつい言い方をしていた理事たちが、陸斗を気づかう言葉を次々とかけてくれるので、驚いてしまう。

これまでの働きを認められ、感謝されたばかりか、家族のことまで気にかけてもらえるなんて思わなかった。

両親を亡くして夢を諦め、人にも騙されて、どうにか生活するだけで手いっぱいだったのが、今では影ながら人のためになることをして、世の中の役に立っているのだと思うと、今までの不運ややるせなさが報われたみたいな気がしてくる。

「魔獣退治はこの世になくてはならぬ大切な仕事だ。どうか末永く、つとめを果たしてほしい」

「……は、はい！　精いっぱい、働かせていただきます！」

うるっときそうになったから、そう言って頭を下げる。

自分にはちゃんと居場所があるのだと、陸斗は喜びとともに感じていた。

その後陸斗は、泰典と正親が参加している若手の事例報告会や、ほかの支部と合同の勉強会などに連れていかれ、見学させてもらったり、獣人としての意見を求められたりもした。

泰典の年少の子供たちは保育ルームに預けられていたが、亮太は会議に出席していて、子供ながらに、すでに「月夜守」として認められているのだと驚かされた。

年齢にかかわらず、ここでは皆が一丸となって魔獣と戦っているのだ。

「お疲れ、陸斗」

建物の中にあるカフェテリア。窓辺に並んだカウンター席に座って、眼下に広がる東京の風景をぼんやり見ていたら、正親がコーヒーを持ってきてくれた。

隣に腰かけて、正親が訊いてくる。

「思ったより長丁場になったが、疲れていないか?」

「大丈夫です。今日はほとんど動いてないですし」

「体はそうかもしれんが、気疲れしただろう?」

「それはまあ。でも、どこでもすごくよくしていただいて、ありがたかったです」

理事たち以外の組織の職員も、皆獣人の陸斗にはとても親切で優しかった。大切にされている感じもして、これなら組織で頑張っていけると、気持ちを新たにしたところだ。

「今までも、たくさんの人たちが魔獣と戦ってるんだなって思ってはいましたけど、ここに来たら、なんだか大きな会社みたいに部署とかグループとかに分かれてて、会議なんかもあって。みんな、目的は一つなんだって、ちょっと感動しました」

「そうか。そう言ってもらえると、連れてきたかいがあるな」

正親が言って、コーヒーを飲む。陸斗も一口飲んで、理事会を思い出して言った。

「エレベーターで熊野さんともお話しされてましたけど、理事会で、本当に正親さんだけすごく若かったからびっくりしちゃいました。もしかして、大抜擢とかだったんですか？」

「いや、別にそういうわけじゃない。親父が早くに死んだから若くして長になって、成り行きで理事になっただけだ。おじい様に復帰をうながしてみたが、体力的に無理だと固辞されたんでな」

「年齢的には、公親さんが長だって言われても驚かないですよ。理事の皆さんもものすごく年が上の人ばかりだったし、大変だったんじゃないですか？　さっきだって、正親さんに対して、なんていうかこう……」

「当たりがきつい、かな？　下っ端っていうのはああいうものだ。まあ日々魔獣と向き合う緊張感に比べたら、なんてことないさ。年齢が上がっても、俺はああはなるまいと思ってるけどな」

正親が笑って、窓の外を眺めながら続ける。

「俺はたまたま同じくらいの年代の人間が一族にいなかったから、子供の頃から次の長にと期待されて育ったんだ。それに反発して家出したこともある」

「家出？　正親さんが？」

「十代の半ばくらいのときにな。早々に金が尽きておじい様の家に転がり込んだから、真似事みたいなもんだったが。生き方を決められるのが嫌だって気持ちが、強かったんだ」

「そうだったんですね……」

今の正親からは想像もつかないが、陸斗に対して何か強制したりせず、意思を尊重してくれるのは、そういう過去があったからなのかもしれないとも思う。

「家に戻ったきっかけは、なんだったんですか？」

「きみのときと同じようなことが、昔あったんだ」

正親が言って、哀しげな顔をする。

「おじい様の家の近くで、人間が魔獣に襲われる事件が起きてな。何人か犠牲者も出て。そのときに、俺の使命は魔獣から人間を守ることだと、ようやく思い至った」

「使命……」

「まあ、そうはいっても、自分を完璧だと思ったことなんてない。いつでも何かしらの後悔がある。人のために生きるというのは、ずっと続く修行みたいなものだよ」

(正親さん……、やっぱり、カッコいい人だ)

自惚れたりはせず、かといって謙遜するわけでもない。淡々と、でも確かに積み重ねてきた時間がそこにはあって、生き方になって表れているのだろう。

やはり正親は素敵な人だと、陸斗は思う。

彼の傍で、その雄姿を見ていたい。無茶をしそうならいさめ、疲れていたら寄り添って、傷も癒やしてあげたい。

そのためには、やはり彼の番になりたい。陸斗はおずおずと切り出した。

「……あの、正親さん。俺、ちょっと、話したいことがあるんですが」

「そうなのか？　奇遇だな。俺もだ」

「えっ？」

「だが、コーヒーを飲み終わったらそろそろここを出ようと思っていたんだ。だから話は移動してからしようか。どこか眺めのいいところでもいいし……、船の上っていうのもいいな」

「えっ？　ふ、船っ？」

いきなり何を言い出すのだろう。今日は定例部会が終わったらすぐ帰るのかと思っていたのだが……？

「せっかく東京に出てきたんだ。少し羽を伸ばそうじゃないか」

にこにこと楽しげな笑みを見せて、正親が言う。

思いがけない提案に、陸斗はまじまじとその顔を見つめているばかりだった。

「わ、すごく遠くまで見える！」

「今日は空気が澄んでいるからな。夜に来ても楽しいぞ」

東京スカイツリーの天望回廊。

はるか遠くまで続く地上を眺めて、陸斗は思わずほう、とため息をついた。

東京は修学旅行で来て以来で、今日もどこかに出かけるとは思っていなかった。

陸斗がそう言ったら、じゃあベタな東京観光をしようと正親が言って、このあとは浅草、それから隅田川クルーズを楽しむことになっている。

陸斗は元々田舎出身で、都会というのがどうにも苦手なので、働くのにも地方を転々としていたのだが、こうして誰かに連れてきてもらうと、気後れすることもなく観光を楽しめる。

「こういうところ、妹を連れてきたら喜ぶだろうなぁ」

「旅行が好きなのかな？」

「親が生きてた頃は、あちこち出かけて自撮りするのとか、けっこう好きで。最近は全然だったんですけど、そのうちばあちゃんも一緒に連れてきてやりたいです」

正直、旅行するような金銭的余裕がなかったからなのだが、今は陸斗の収入も安定している。そのうち旅行をプレゼントしてあげるというのもいいかもしれない。

そんなことを思いながら絶景を眺めていたら、正親が訊いてきた。

「陸斗はそんなに家族思いなのに、どうしてご家族と離れて暮らしていたんだ？」

「ええと、それは……、ずっと住み込みとかで出稼ぎしてたからです」

「家の近くで働くこともできただろう？」

「そうなんですけど、やっぱり元々の故郷じゃないし。ていうか、そうなってしまったことが、かなり負い目になってて。だからなんとなく傍に居づらく思っていて」

人に騙されて故郷にいられなくなったことは、以前昔の話になったときに、正親に話してある。陸斗は少し考えて言った。

「正親さん、前に夢を持ったらいいって言ってくれたでしょう？」

「ああ、そう言ったな」

「俺の一番の夢って、やっぱり幸せに暮らしてほしいってことなんですよ、二人に。そのためには、いつも傍にいてあれこれ余計なことを考えてしまうより、少し離れたところから見守っているほうがいいって思ったんです」

陸斗は言葉を切り、正親に向き直って言った。

「ばあちゃんには長生きしてもらいたいし、妹が就職するまでは、俺がしっかり支えてやりたいって思ってます。だから組織で働かせてもらえて、すごく感謝してるんです。本当に、ありがとうございます！」

慌ただしい日常の中で、感謝を伝える機会はなかなかない。こういう機会に伝えられてよかったと思っていると、正親が笑みを見せて言った。

「こちらこそ、きみには感謝しているし、一緒に働けて嬉しいよ。ご家族のために頑張れるきみは素晴らしい。……ただ、俺としては、前々からちょっと気になっていたことがあってな。さっき話があると言ったのも、そのことなんだが」

「……？　どんな、話でしょうか？」

前々から気になっていたと言われると、何か駄目出しのようなことかと、ちょっと身構えてしまう。ややためらいを見せながらも、正親が言う。

「その……、きみ自身の幸せについて、きみはどう考えているのかなと」

「俺の、幸せ？」

「そう、きみのだ。獣人になる前のきみには、恋人とか、いなかったのか？」

「……！」

不意打ちのような質問に、目が点になる。

もちろんそんな相手はいなかったし、それどころではなかったのだが、陸斗からするとそれはこちらが正親に訊きたいことだった。いくらか唖然としながら、陸斗は言った。

「あの、それって、俺のほうこそ気になってたことなんですけど？」

「というと？」

「正親さんは組織の仕事や、一族の長としてのつとめ第一で、ずっときたんでしょう？

正親さんこそ、幸せなんですか？　今まで、誰もいなかったんですか、恋人とか……？」

なんとなく思いつきで口に出してみてから、思いがけないほどストレートに核心を突いてしまった気がして慌ててしまう。

そんなことを訊いて、もしもいたと言われたら。

過去だけではなくて、実は今付き合っている恋人がいると言われたら。

どう考えてもショックだし、答えを聞きたくない気がする。

だってそうなったら、もはや番どころの話ではなくなってしまうではないか……？

「……あ、あの、すみません！　やっぱり答えてくれなくていいです！　俺のほうは、自分の幸せとかわからないし、恋人もいなかったし、獣人になっちゃったから、きっとこれからもそういう人は、いないんじゃないかなってっ」

慌ててそう言ったら、なんだかちょっと哀しくなってきた。

そもそも恋人だとか、それに似た種類の親密な人付き合いについて、獣人になる前がどうであろうと今の陸斗にはもう関係がない。この先ずっと獣人として生きていかなければならないのだし、この状態で普通に人間の恋人を作ることなんて、想像すらできない。

なのにどうして、正親はこんな話を……？

「……そうか。答えてくれてありがとう、陸斗」

正親が言って、意味ありげな目をして続ける。

「でも、俺にもきみの質問に答えさせてくれ。俺はまさに今、俺自身の幸せについて考えているところなんだからな」

「そう、なんですか？」

「ああ。俺には恋人はいないが、確かめたいとは思っている。心のままに人を愛して、その人とともに生きたいと願ってもいいのかどうかを」

そう言って正親が、こちらを真っ直ぐに見つめてくる。

「だからもっと、きみを知りたい。きみとたくさん話をして、二人で楽しい時間を過ごしたいんだ。きみは、どうだ？」

「どう、って……、え、と……？」

何を訊かれているのかよく意味がわからず、きょとんとして顔を見ると、正親がどこか甘い笑みを見せた。

「わからないかな、陸斗。俺はきみと、デートがしたいんだよ」

「なっ……？」

「そしてきみと、今よりももっと親密になりたい。どうかな。俺とデートしてくれるか？」

「正親、さん……？」

想像もしていなかった言葉に、心拍が大きく跳ねる。

でも、いきなりすぎてわけがわからない。あわあわしながら、陸斗は訊いた。

「な、なんで、ですか。どうして俺と、デート、とかっ」

「ふむ、どうして、か。もちろん理由はあるにはあるが、そういうことを口にするのは、やぼってものじゃないかなと」

「……！」

確かに、そんなことをわざわざ確認するまでもなかった。

誰かと一緒に楽しい時間を過ごしたい。そして今までよりももっと親密になりたい。だから人はデートをするのだろう。

でも、ただ友情を深めたいとか、仲間意識を高めたいとかだったら、普通はそういう言い方はしない。デートというのは、ある程度好意を抱いている相手とするものだからだ。

ということはつまり、正親は――――？

「今の俺は大狼一族の長ではなく、一人の男だ。どうかきみにはそう思っていてほしい」

穏やかな笑みの中に、真剣な想いを乗せるように、正親がこちらを見つめて言う。

胸の高鳴りでどうにかなりそうになりながら、陸斗はその目を見つめ返していた。


スカイツリーからの眺めを楽しんだあと、陸斗は正親に連れられて浅草界隈を散策し、そのあとは隅田川を下る船に乗った。

先ほどまでの気軽な東京観光から一転、ちょっとしたまなざしや言葉の端々にドキドキと心が跳ねる、とても緊張感のあるひとときに変わってしまったが、それは陸斗にとって、想像以上に楽しい時間だった。

(「一人の男として」、って、もしかして、そういう意味だった……?)

陸斗に嫌われたくない、嫌われないだけでは駄目なのだと、以前正親は言っていた。一人の男としてそう感じた、とも。

先ほど思いがけずほのめかされた気持ちが、正親の中にそんなにも前から存在していたのだとしたら、驚きを禁じ得ない。

でも今は陸斗も正親に想いを抱いているし、もはや男同士なのにというような拒否感もなくなった。互いに同じ気持ちを抱き合っているのなら、こんなに嬉しいことはないのだ。

こうなればやはり番になりたいと強く思うけれど、まずは互いの気持ちを通わせ合って、いい時間を過ごすことのほうが先なのかもしれない。普段のつとめを離れて正親と過ごしてみると、そう感じる。

正親が一人の男であると言ったように、陸斗も今は獣人ではなく、ただの人間の男なのだと。

「こちら、鴨肉のコンフィでございます」

「ありがとう。パンをもう少しもらえるかな」

「かしこまりました」

お台場で船を下りて、海を望む夕暮れ時の公園をそぞろ歩いたあと、正親が近くのホテルにあるしゃれたレストランに連れてきてくれたので、陸斗はやや緊張しながら食事をしている。

高級な店で食事するのが初めてだというのももちろんだが、通されたのが明らかに恋人同士が利用するような、二人だけの区切られた席だったからだ。

照明はやや暗めで、テーブルの真ん中にはろうそくがあり、窓の外には東京の夜景が広がっている。ワインで少し酔っているせいもあるのか、甘くロマンチックな雰囲気にのまれてしまいそうだ。

女の子なら間違いなく喜ぶデートコースではないかと思うし、正直に言うと男の自分もかなりときめいてる。

こんな気持ちになったのは初めてだから、なんとなく焦ってしまう。

「あの……、正親さんて、もしかしてこういうの、慣れてるんですか？」

思わず探るように訊ねると、正親が小さく笑った。

「そんなことはないが、まあきみよりは多少年上だからな。それに、人をもてなしたり、喜んでもらえるようあれこれ考えるのは好きなほうなんだ。狼神獣の血を引いているせいかな」

「狼神獣は、そうだったんですか？」

「おそらくは。あまり知られていないが、狼というのはクールそうに見えて、実はけっこう愛情豊かな生き物なんだぞ？」

そう言って正親が、意味ありげな目をしてこちらを見つめてきたので、ドキリとしてしまう。正親にとって、例えばこれが求愛行動みたいなものなのだとしたら、うぶな自分などあっけなく落とされてしまいそうだ。

向き合って座る正親の顔を見ているだけで赤面しそうな気配を感じたから、陸斗はそれをごまかすように、鴨肉にかぶりついた。今までに食べたことがないほど美味しい料理だと感じるのだが、自分は今、ちゃんと味わえているのだろうか。

ワインをすっと一口飲んで、正親が言う。

「きみは、いつもとても美味そうに料理を食べるな」

「えっ、そうですか？」

「好き嫌いもないし、食べることが楽しそうでもある。食事をともにしていて、こんなに気持ちのいいことはないよ」

「そ、そんな……、なんか、恥ずかしいですっ……」

陸斗は引き続き正親の家に間借りをしていて、普段は親族の年配の女性が食事を作りに来てくれるので作業を手伝い、出来上がったら正親と一緒に食べている。

日々向き合う食卓でそんなふうに見られていたのかと思うと羞恥を覚えてしまうし、こんな高級な店で言われると挙動不審に陥りそうだ。

それを察したのか、正親がすまなそうに言う。

「悪い、恥ずかしい気持ちにさせたいわけじゃなかったんだ。ただきみが、あんまり可愛くて」

「か、わっ……？」

「おっと、その言い方も問題があるかな。でも、ほかに言いようがないんだよな……」

正親が弁解するように言って、ふふ、と笑う。

「きみと食事をともにするのは、俺にとってとても楽しいことだ。まずはそういう意味だと受け取ってほしい」

「は、はあ」

「でもそこからもう一歩踏み込んで、きみと食事をするとなぜだかとても美味いとも感じている。それで、食事が美味いかどうかは料理そのものだけによって決まるわけじゃないんじゃないかと、俺は最近そう思うようになった」

そう言って正親が、にこりと微笑む。

「一緒に食べるのがきみだから、こんなにも美味いのかもしれないとな」

「……っ……」

そんなこと、生まれて初めて言われた。

でも、美味しいものを親しい誰かと一緒に食べたらもっと美味しい、というのは確かにあるかもしれない。両親がいた頃の食卓はいつも楽しく、食事を美味しいと感じていた。祖母と佳奈と三人での食事は、両親の喪失を感じるせいか少し哀しかったが、この間帰ったときはやはり家族の温かさを感じたし、祖母の料理を美味しいと思った。

大切な人との食事には、特別な何かがある。

正親が自分にそれを感じてくれているのなら、やはりもう、間違いなく……。

(だけど……、確かめるのは、怖い)

卑下するつもりはないけれど、陸斗にはなんとなく、正親が自分なんかに本気になってくれるのだろうかという気持ちがある。

番のことを言い出しづらく感じていたのも、もしかしたらそのせいかもしれない。

逆に、番になりさえすれば、いわゆる恋愛感情については考えなくてもよくなるのではないかという、計算じみた考えも、自分の中にはある気がする。

要は、振られてしまうのが怖いのかもしれない。

だが、互いに好意を抱き合った上で、番として結ばれるのなら、それは何よりも嬉しいことではないか。

正親のことが好きだから、番になって、ともに生きていきたい。

自分が本当に求めているのは、そういうものなのではないか。

それこそが、今の陸斗にとっての「夢」なのでは……?

(……好きって、伝えたいっ)

せっかくこうして、正親が素敵な機会を与えてくれているのだ。自分の気持ちをちゃんと伝えたい。陸斗はそう思い、おもむろにナイフとフォークを置いた。

そうしてナプキンで口を拭い、居住まいを正して正親を見つめた。

「……あの、正親さん。俺、あなたに話したいことがっ――」

ドキドキしながら切り出した、その瞬間。

ブー、ブー、と携帯電話のバイブ音が聞こえてきたから、陸斗は口をつぐんだ。

どうやら正親の携帯電話のようだ。申し訳なさそうに片手を上げて、正親が電話に出る。

「……泰典、すまん。今、ちょっと……。何？　どういうことだ、それは」

どうやら相手は泰典のようだ。小声で話す正親の顔が、みるみる険しくなっていく。

何かあったのだろうか。

「そうか。俺もまだ都内にいるんだ。すぐに向かう」

正親が言って、通話を切る。緊迫した表情でこちらを見て、正親が告げる。

「新宿に魔狼が現れたそうだ」

「えっ！　こんな都会にですかっ？」

「本部所属の『月夜守』が向かったようだが、犠牲者が出ているらしい。俺たちも行くぞ」

「は、はい」

正親が席を立ったので、陸斗も慌てて追いかける。

だが会計をすませて店を出たところで、今度は陸斗の携帯電話が鳴った。

取り出してみると、佳奈からの電話だった。エレベーターホールに向かって廊下を歩きながら、陸斗は電話に出た。

「佳奈？　どうした？」

『お兄ちゃん、どうしよう！　おばあちゃんが倒れちゃった！』

「なんだってっ？」

『今救急車で病院に来たの。お兄ちゃん、帰ってきて！』

佳奈の声は震えている。泣きそうなのをこらえているみたいだ。

さいわい陸斗は今東京にいるので、実家のある町まで、電車で一時間半かそこらで駆けつけられる。正親の顔を見ると、彼が察したように言った。

「ご家族に何かあったのか？」

「はい。ばあちゃんが、倒れたって！」

「そうか。じゃあ、きみはそちらに向かってくれ」

「いいんですか？」

「当然だろう？　こっちのことは気にしなくていい。行ってあげてくれ」

「わかりました。ありがとうございます！　……佳奈、俺今東京にいるんだ。これから行くから、病院を教えて？」

『県西《けんせい》病院……！』

「県西病院な。わかった。待っててくれ！」

携帯電話をぐっと握り締めて、陸斗は告げていた。


「……ええ、最近はときどきめまいがするとおっしゃっていて。ＣＴとＭＲＩの映像を見る限り、脳には特に異常はありませんでした。一応入院していただいて、明日耳鼻科のほうで診てもらうようにしたいのですが」

「あ、はい。お願いします」

「わかりました。では、後ほど書類など書いていただいて……」

祖母が運ばれた病院は、南関東支部からそう遠くないところにあった。

陸斗は来たことがなかったが、祖母は整形外科や内科、耳鼻科などで世話になっているようで、主治医は陸斗よりも祖母の健康状態をよく知っているふうだった。

命に別条がないことはわかったものの、まだ高校生の佳奈と二人暮らしというのは、こうなるとやはり不安がある。

とはいえ、陸斗も新潟を離れるわけにはいかないし、今後どうしたものだろう。近くに引っ越してきてもらうにしても、佳奈が高校を出てからのほうがいいだろうし……。

「……お兄ちゃん、来てくれてよかった」

医師の説明を聞き、入院に必要な書類などに記入したあと、家に帰ろうと病院を出たところで、佳奈がぼそりと言った。

外はもう真っ暗だ。タクシーでも呼ぼうかと思ったが、少し歩くと幹線道路に出るので、そこまで行けばすぐに拾えるかもしれない。道を歩き出しながら、陸斗は言った。

「ちょうど仕事で東京に来ててさ。ばあちゃん、大したことなくてよかった」

「うん、本当にそう。私、おばあちゃんが死んじゃうんじゃないか、ってて……」

ずっとこらえていたのか、佳奈が声を震わせて泣き出した。

陸斗は佳奈の肩を抱いて言った。

「心配だったよな？　でも命にかかわる病気とかじゃないみたいだし、大丈夫だよ」

「それは、そうだけどっ……」

佳奈が言って、こちらを向いて訊いてくる。

「お兄ちゃん、こっちで働くことはできないの？」

「え、と……」

「家の近くで働いてくれたら、一緒に暮らせるのに……。どうしてずっと遠くにいるの？」

「それは、新潟で、就職しちゃったから」

「そこじゃなきゃ、駄目なの？　環境保護の仕事なんて、お兄ちゃん、全然興味なかったじゃない？」

そう言って佳奈が、不審げに続ける。

「もしかして、本当は何か悪い仕事、してたりする？」

「いや、そんなこと……、なんだよ、悪い仕事って？」

「人に言えないような仕事、とか」

それはある意味当たっている。人知れず魔獣退治をしているなんて、話したところで誰にも信じてはもらえないだろう。

でも、悪いことをしているわけではないし、誇りを持って働いてもいる。

陸斗はなだめるように言った。

「ごめんな、佳奈。働き出したばかりだし、転勤とかもないから、今はこっちで一緒に暮らすのは難しいんだ。佳奈が高校出たら、ばあちゃんに近くに越してきてもらったりはできるかもしれないけど」

「まだずいぶん先じゃない」

「うん、そうだな。でもいずれはなんとかする。仕事もずっと続けていくつもりだし。ていうか、俺は人に言えないような仕事なんてしてないぞ？」

「――――へーえ、そうかい。じゃあおまえの本当の姿、その子に見せられるのかぁ？」

背後からいきなり声をかけられ、うなじのあたりがぞわっとなった。

聞き覚えのある口調の、男の声。そしてかすかに漂ってくる腐臭。

震えそうになりながら振り返ると、そこには男が一人立っていた。

知らない顔だが、その中身は、間違いなく――――「リキ」だ。

「佳奈！　走れ！」

「えっ、な、何っ？」

戸惑う佳奈の手を引いて、陸斗は駆け出した。

どうしてこんなところにいるのか。なぜまた声をかけてきたのか。

走りながら考えるが、今は逃げるのが先だ。

だが道の先に幹線道路が見えてきたところで、頭の上を二つの黒い影がビュンと飛び越えて、陸斗たちの行く手を阻むように飛び降りた。

うっすらとした燐光をまとった、四つ足の黒い獣。二頭の魔狼だ。

「な、何？　なんなのっ？」

佳奈が怯えて足を止めたから、背後にかばって道の脇の林にじりじりと後退する。

人間の姿をしたリキが、悠々とこちらに近づいてきながら言う。

「なんだよ、逃げることはないだろう？」

「リキ、だなっ？　なんで、ここに……？」

「おまえを迎えに来たんだよ。約束しただろう？」

くく、と笑って、リキが告げる。

「俺たちの仲間になれ」

「ならない。俺は、人だっ」

「まだ言ってんのか。だったら、この子に本性見せてやらねえとなぁ？」

リキが言って、あごをしゃくると、二頭の魔狼が飛びかかってきた。

「……っ！」

「きゃっ！」

とっさに佳奈を後ろに突き飛ばし、ぐっと拳を握って獣人の力をわずかに解放する。

獣人の目には、魔狼の動きがゆっくりに見える。

陸斗は落ち着いて二頭の魔狼の喉笛を拳と肘とで殴りつけ、頭を手で叩き落した。

日本刀で真っ二つにしない限り、退治することはできないが、魔狼は警戒したように陸斗から距離を取る。

リキが楽しげな目をして言う。

「へえ、少しはやるようになったんだな。けどまあ、まだまだだな」

「っ……？　うわっ」

林の中から別の魔狼が二頭飛びかかってきて、陸斗は道の真ん中に突き倒された。

油断したわけではなく、動きが速すぎて気配に気づけなかったのだ。

体勢を立て直そうとしたが、リキに腹を蹴られ、頭を靴で踏まれて身動きがとれなくなった。道の脇で尻もちをついたままの佳奈が、怯えて息をのんだのが聞こえる。

「ったく、人間の目には暗いなぁ、ここは。こいつで見えるかな？」

リキがぶつぶつ言いながら、まとっている服のポケットを探って何か取り出し、かちりと音を立てる。

自転車につけるような小さなライトをこちらに向けて、リキが言う。

「よし、見えたぞ。ほら、耳と尻尾を出してみろよ？」

「っ……」

「あー、そうか。こいつを外すんだったか？」

「う、く……！」

勾玉の首飾りをつかんで引っ張られたが、簡単に壊されないよう、前のものよりも強固な作りになっている。

引きちぎることができないとわかったのか、やがてリキの手がパッと離れた。

リキがくく、と笑って言う。

「やれやれ。確かこういうときに使える、いい道具があったような……？」

リキがまた、服のポケットを探る。

ややあって取り出したのが、折り畳み式のナイフだったから、陸斗は目を見開いた。

「ううっ……！　ぁああっ！」

ナイフで首飾りを切られ、そのままシャツの上から背中をシャッと切りつけられて、鋭い痛みに悲鳴を上げる。

何をされたのかわかったのか、佳奈がガクガクと震え出したのが感じられる。

なんとかして佳奈だけでも逃げてほしいが、どうしたら……。

「へへ、いい匂いがしてきた。……獣の匂いだ」

「う、ぅ……」

「ほら、あの子に見せてやれよ。おまえの本当の姿をよ」

頭から足をどけられたと思ったら、髪をつかまれて頭をぐいっと持ち上げられる。

のけぞった格好のまま、背中の傷をねろっと舐められたら、ぞくぞくと身が震えた。穢れた傷を治そうと、体が獣化し始めてしまうのを、自分では止められない。

「……っ！　お兄、ちゃん……？　な、に、それっ……？」

陸斗の頭に獣の耳が、ズボンの腰からは尻尾が、抑えようもなく飛び出してきたのが見えたのか、佳奈が驚愕の声を発する。

いたたまれず、顔を背けようとするが、リキは陸斗の頭を佳奈のほうに向け、せせら笑うように言う。

「なんだ、あの子はおまえの妹なのか。ほら見ろ、兄貴は獣になっちまったんだぜ？」

「や、めろっ」

「なあ、あの子を食ってやろうか？」

「な、にっ？」

「若くて美味そうだ。ときどき俺があの子の姿になってやれば、おまえも寂しくないだろう？」

「そ、なっ、やめろっ！　佳奈に手を、出したらっ！　うぁあっ！」

リキの手を逃れようと暴れたら、またナイフで背中を切られたから、痛みで叫んだ。

新しくできた傷をリキに舐め上げられて、最初の傷とともにじくじくと腫れ、体がどんどん熱くなってくるのがわかる。

どうやら、獣化の発作が始まったようだ。

このままでは佳奈は食われ、自分もまた人に戻れなくなってしまう。

こんなことになるなんて――。

「……そこまでだ、リキ！」

鋭い男性の声が聞こえたと思ったら、ざく、ざく、と魔狼が斬られる音がした。

リキがさっと背後から飛びのき、低い獣の声でうなったのではっと振り返ると、そこには日本刀を手にした公親が立っていた。

腐臭が強く臭う。リキにも一太刀浴びせたのだろうか、人間の姿をしていたのが、魔法が解けるみたいに四つ足の魔狼の姿に変わっていく。

「くそじじい……、まだ生きてやがったのか！　ちょうどいい、ここで食い殺してやろうかっ！」

「わし一人と思うなよ、リキ。ここは狐塚家の縄張りだ。わしを殺ったら、狐の一族に地の果てまでも追われるぞ？」

「……チッ、めんどくせえなっ。おい、退くぞ！」

リキがまた低くうなって、残った群れの魔狼を連れて逃げていく。

臭いが完全に消えてしまうまであたりを警戒してから、公親が日本刀を振って血を落とし、鞘に納めてため息をつく。

「大事なくてよかった。病院の駐車場で待っとったんだが、おまえさんら、足が速いな！」

「病院にっ？　どうして……！」

「狐塚のせがれに薬草の焙《ほう》じ方を伝授してくれと言われて、たまたま呼ばれておってな。さっき正親から、おまえさんが一人でこっちに来るから、何かあったら手を貸してやってくれと。よもや魔狼どもに襲われるとは、思わなんだが」

「助かりました。ありがとうございます」

背中は痛むが、これは穢れを拭えば大丈夫だろう。

陸斗は起き上がり、佳奈の無事を確かめようと近づいた。

「佳奈、怪我はないか？　あいつら逃げたから、もう……」

「……嫌、来ないで！」

「え」

「化け物っ……、来ないでよおおっ！」

パニックに陥ったかのような声と拒絶の言葉に、胸を刺された気持ちになる。

まさかそんなふうに言われるとは思わなかった。

思わず立ち尽くすと、公親がさっと佳奈に近づいて、頬を撫でるように手で触れた。

するとビクンと体を震わせて、佳奈が気を失った。何が起こったのかわからずにいる陸斗の前で、公親が佳奈の体をひょいと抱き上げる。

「軽く馴らしただけだ。心配はいらんよ。ひとまず車まで戻るぞ。狐塚のところで世話になろう」

公親がさっさと歩き出す。背中の痛みをこらえながら、陸斗もあとに続いた。

再び訪れた南関東支部。

正親たちが向かった新宿の魔狼の件で、弓弦を含む数名の「月夜守」が応援に向かったとのことで、あまり人がいなかったが、公親は時折ここを訪れているらしく、勝手知ったる我が家のように家屋に上がり込み、佳奈を安全で静かな部屋に寝かせてくれた。

それから陸斗を、先日泊めてもらった部屋に連れていき、留守番の瞬に指導する形で、穢れた傷を治療してくれることになった。

公親は隠居して以来、薬草などを使った薬の研究をほそぼそと続けてきたとのことで、獣人には初めて試すことばかりだと断りを入れられたが、陸斗自ら実験台になることを買

って出たのだ。

「痛みはありませんか、陸斗さん？」

「あ、ないです、全然」

「そうなんですね。やっぱり、違うんですねぇ」

布団にうつぶせになった陸斗の背中を、瞬が「清めの水」をしみ込ませた脱脂綿で拭いながら、感心したように言う。

なんでも、公親の助言で水に少しだけ何かの葉の搾り汁を混ぜたとかで、その葉に鎮痛作用がある可能性を、公親は最近発見したらしい。

それとは別に、苦い煎じ薬のようなものも飲まされたのだが、そのおかげなのか、陸斗はこの前のような激しい獣化の発作に襲われることはなかった。獣の耳と尻尾を収めることこそできないものの、体調としては風邪で発熱しているときくらいの状態を保てている感じだ。

横に座って傷を見て、公親がふむ、と声を出す。

「傷自体はもうほぼ塞がっているな。やはり獣人の治癒能力には驚かされる」

それは陸斗もありがたい能力だと思っているし、正親が怪我をしても自分がいれば治療ができると思うと、内心嬉しい気持ちにもなる。

でも……。

(化け物って、言われちゃったな)

この姿にも能力にも、陸斗はもう慣れた。組織の人たちにも温かく受け入れてもらっているし、ここで働くことが一番いい生き方だとも思っている。

けれど普通の人から見たら、自分はやはり異形の存在なのだ。リキの言うように、獣の仲間なのかもしれない。

そんなことはない、自分は人だと思おうとしても、こんなふうにすぐに獣の耳も尻尾も収めることができなくなってしまうのだから、自信がなくなる。

やはり獣人である陸斗が人の姿を保つことは、リキの言うところの擬態なのだろうか。獣人なのに人として生きたいと願うのは、ずうずうしいことなのか。

だが正親は、きみは人だと言ってくれた。

それだけでなく、人みたいにデートして、一緒に食事を楽しんだ。

あのまま何もなかったら、陸斗はたぶん告げていたと思う。

正親のことが、好きだと。

考えたくはないが、もしかしたらそれも、間違った感情なのだろうか。獣人ができることとは長の眷属になることだけで、愛し合うことなんてできないのか——?

（……そんなふうに、考えたくはない）

誰かをちゃんと好きになったのは、正親が初めてだ。

だから自分のこの気持ちを大事にしたいし、もしも正親が陸斗に同じ気持ちを抱いてくれているのなら、本当に嬉しい。心を通わせ合って番になり、彼の傍にいられるなら……。

「……陸斗。一つ、訊いてもいいかの？」

一応いつもの痛み止めの薬を持ってくると、瞬が部屋を出ていったところで、公親が陸斗の背中をバスタオルでそっと覆って、おもむろに訊いてきた。

うつぶせになったまま顔をそちらに向けると、公親がこちらを見つめて訊いてきた。

「おまえさん、正親とはどういう間柄なのだ？」

「えっ……」

「長と番になったのであれば、首の後ろに痕が残るはずだが、おまえさんにはそれがない。時折同衾しているだけなのか、それともそれすらもしていないのか……、そうであれば、獣化の発作をどう抑えておるのか。引退した身ではあるが、気になってな」

これ以上ないほどストレートな質問に、頬が熱くなってしまう。

やはり皆と同じように、気になるところなのだろう。公親は身内で、かつ正親と同じく長をつとめた経験があるため、遠慮がないのかもしれない。

なんとなく恥ずかしくて、陸斗は目を背けながら言った。

「……ええと、そのっ……、血を、少しいただいてます」

「血を？」

「ほんの一滴、舐める程度ですけど。普段はそれで十分なんです。でも、傷と穢れでどうしようもなくなったときに、一度だけ正親さんに触れてもらいました。結び合ったのは、その一回だけです」

なるべくなんでもないことのように話したかったが、あのときのことを思い出すと、ますます顔が熱くなる。

「正親さんは、俺の意思を尊重してくれていて……。最初に男同士は無理だって言ったので、番とか、無理にはしたくないって言ってくれて。だから、そういうことに」

「……なるほど、そうか。血を、なぁ……」

公親が戸惑ったように言う。小首をかしげたその顔は、いぶかしげだ。あのやり方は正親が考え出したもので、前例のないことだからかもしれない。

でも今は陸斗も、番になることを考えている。そう告げようとしたけれど、瞬が戻ってきたので口をつぐんだ。

薬の包みと水が入ったグラスをのせた盆を公親が受け取り、陸斗の傍に置いて言う。

「傷はじきに治るだろう。痛みが出てきたら、これを飲むといい」

「はい。ありがとうございます」

「新宿の件がどうなっているのかはわからんが、正親にはこちらに迎えに来るよう言っておく。妹御のことはわしが面倒を見ておこう。奴が来るまで、少し休んでいなさい」

公親が言って、バスタオルをのせた背中にそっと布団をかけてくれる。

陸斗はもう一度礼を言って、静かに目を閉じた。


それからどれくらい経ったのか、眠っていた陸斗は、遠くから聞こえる正親の声で目を覚ました。

外は明るく、昨日よりも人けを感じる。もう朝になっていて、正親と一緒に狐塚家の人たちも戻ってきているのかもしれない。

ゆっくり起き上がってみると、背中の傷はもう治ったのか痛みもなかった。

陸斗は部屋の障子を開けて廊下に顔を出した。

(正親さんの、匂いだ)

勾玉の首飾りがないので、今は嗅覚が鋭く、いろいろな匂いを嗅ぎ分けられる。どうやらこの建物の中にいるようだ。

正親の顔も見たいが、まずは佳奈の様子が気にかかる。頭を触ってみたら、まだ獣の耳が出たままだったから、顔を合わせないよう慎重に部屋を覗いてみることにしようか。

陸斗はそう思い、佳奈が寝ている部屋に向かって廊下を歩き出した。

するとどこからか、公親の声が聞こえてきた。

『まったく解せんな。長として、おまえはそれでいいと思っているのか、正親っ?』

「……っ?」

公親の声は、なんだか責めているみたいな響きだ。もしや正親を叱責しているのだろうか。

気になって声のするほうに行くと、佳奈が寝かされた部屋に続く細い渡り廊下に、正親と公親がいるのが見えた。こちらに背を向けて立っている正親に、公親が言う。

「陸斗を番にしないのは、おまえの甘さだ。おまえはまた、己の甘さゆえに苦しんでいる。あのときと同じにな。そうなんだろう?」

公親の問いかけに、正親は黙ったままだ。

いったいなんの話をしているのだろう。あのときと同じ、というのは……?

「今さら、あまり言いたくはないがな、正親。そもそも獣人が生まれるというのは、我々の仕事の失敗なのだぞ？」

「……！」

「おまえはそれに二度遭遇して、二度ともその場で殺す慈悲を与えなかった。であれば、今度こそすぐにでも、番にするべきではなかったのか？　このままでは、同じことの繰り返しになりかねんぞ？」

（その場で殺す、慈悲……？）

正親の過去を詳しく知っているわけではないから、なんの話だかわからないところもある。

だが、生まれたことを仕事の失敗だとか、その場で殺す慈悲だとか、獣人としての自分の存在そのものが間違いであるかのようなことを言われたのは初めてだ。

陸斗が生まれ変わったとき、公親は獣人の誕生を見るのは初めてではない様子だった。そう遠くない昔に、獣人が生まれたことがあったのだろうか。

正親がそのときすでに長であったなら、その相手とも体の関係があったのか。

心がひやりとするのを感じて、身動き一つできずにいると、正親が小さく言った。

「……陸斗は、彼女とは違う」

「そうだ、違う。そして陸斗は男だ。だからこそ、おまえがすべてを背負わねばならん。

そうだろう？」

公親が言って、噛んで含めるように続ける。

「陸斗にはおまえが必要だ。だが跡継ぎを望めない相手である以上、おまえのその甘さこそが、いつか彼を苦しめることになるのだ。なぜそれがわからない？」

公親の言葉に、胸がきりりと痛くなる。

正親の、跡継ぎ。

考えてみれば、彼は一族の長なのだから、当然ながら子供を持ちたいと思っているだろう。自分は男なのだから、正親の番になったところで、跡継ぎなど産めないのは当然だ。

それにそもそもが獣人という存在が、人でも獣でもないような微妙な立ち位置だ。

今まで誰も、面と向かって陸斗に告げた人はいなかったが、公親が言っていることは、どれもこれ以上ないほど正しいことなのではないか。

（……俺は、生きてて、いいのかな……？）

自分は人だというのは、やはりずうずうしい考えのように思える。

人間ぶって人の中にいても、本当はどっちつかずの半端者に過ぎないのではないか。

佳奈にも化け物だと言われたし、自分の真の姿は、醜い怪物なのでは。

そんなことを思っていたら。

「……っえ……、ええっ！」

爪がいきなり鋭く尖り、手の甲にざわざわと被毛が生えてきたから、うろたえて叫んだ。

体の表面が熱くなって、首や顔も狼の毛で覆われていくのを感じる。

こんなことは初めてだ。どうして急に、こんな――――！

「……陸斗っ？」

正親が振り返り、陸斗の姿を見てさっとこちらに駆けてくる。

呆然とする陸斗の体をぎゅっと抱き締めて、正親が告げる。

「落ち着け、陸斗。気を静めろ」

「ま、さちか、さっ……！」

「きみは人だ……、誰がなんと言おうと、人なんだ」

正親が祈るような声で言って、そっと腕を緩め、口唇に口づけてくる。

「ん、ん……」

甘く蕩けるような、正親のキス。

その熱が獣の血を静め、陸斗は人であると教えてくれる。

でも本当にそうなのか。自分はこの温かさにすがってもいいのか。

今の陸斗にはわからなかった。ただおずおずと、正親の胸にしがみつくしかなかった。

「……もう大丈夫そうだな。気分はどうだ？」

「悪くは、ないです」

「何か飲み物でももらってくるか？」

「今は、いいです」

「そうか」

傷を治療してもらった部屋に戻って、瞬が貸してくれた狐塚家の勾玉の首飾りをつけ、布団に横たわって正親に背中を撫でてもらっていたら、獣化の発作はじきに治まってきた。顔や手、首の被毛は次第に消えていき、いつもの獣の耳と尻尾だけが残った。

正親のキスが効いたのは間違いないが、獣人の体の不安定さを改めて実感して、ますます疑念を覚えてしまう。

自分は本当に、人の中に存在していていいのか、と。

「……昨日、妹の佳奈に、正体を知られてしまいました」

「ああ。おじい様から聞いたよ」

「俺、佳奈に化け物って言われて……。すごくショックだったけど、でも少しだけ、納得したところもあって」

陸斗は言って、正親を見上げた。

「リキに、また仲間になれって言われたけど、ならないって言いました。でも本当は、なれないいんじゃないですか？　俺は人でも獣でもなくて、この世界にいてはいけない、ただの怪物なんじゃないいんですかっ……？」

震える声で訊ねると、正親が哀しげな顔をした。

低く静かな声で、正親が言う。

「きみは人だよ、陸斗。でも、そうあるためには組織や俺の助けが必要だし、何よりきみ自身が人であることを信じなければ、きみは簡単に人ではなくなってしまうんだ」

「……それを、あなたは知っていたんですよね？　俺が獣人に変わった、あのときにも」

「ああ、知っていた。獣人というのはそういう存在だからな」

さらりと答えた正親に、憤りを覚える。

先ほどの公親の言葉を思い出して、陸斗は言った。

「さっき公親さんと話してたのを、俺、聞いてたんですよ。正親さん、俺のほかにも獣人を助けたんですか？　その人は今、どうしてるんですか？」

「……それは……」

「獣人の身に起こることも、あなたなしでは生きられないことも、全部わかっていたくせに、どうして俺を助けたんですか？　俺みたいな、半端な、怪物をっ……！」

自分でも告げるのがつらくて、知らず涙声になってしまう。正親が首を横に振って言う。

「きみは怪物なんかじゃない」

「でも……！」

「きみが人でありたいと願うのなら、たとえどんな姿であろうと、誰がどう言おうと、きみは人なんだ」

正親がわずかに語気を強めて言って、確かめるように訊いてくる。

「それを信じることができなかった獣人が、どうなったか。きみは知りたいか？」

「……もう一人の、獣人のことですか？」

「そうだ。何も隠すつもりなどはない。いずれは話すつもりでいた。それが今だというなら……、どうか俺についてきてくれ」

正親が立ち上がり、すっと手を差し伸べてくる。

大きくて温かい、正親の手。なんであれ真実を知ることは、怖いものだけれど。

(俺は正親さんを信じたい。人で、ありたい)

混乱しながらも陸斗はそう思い、正親の手を取った。

正親に連れていかれたのは、例の資料室だった。

陸斗を閲覧テーブルに座らせて、正親が書架の奥に入っていく。

やがて持ってきたのは、古い新聞記事のスクラップだった。

「……これって……」

山に入って行方不明になった家族連れが、数日後から半月の間に相次いで遺体で見つかったという記事。

場所は公親の家の近くだ。山で迷って衰弱したところを、野生動物か何かに襲われたのではないかと書かれているが、これは……。

「昨日、家出をしていた話をしたな。そのときに遭遇した事件がこれだ。この家族連れは、組織の協力者の一家で、大学生の娘がいた」

正親が言って、新聞記事に目を落とす。

「彼女は俺の、少し年上の幼なじみで、昔からよく俺の世話を焼いてくれていた。ご家族との旅行の途中で、俺に家に戻るよう説得しに来てくれたんだ。ところが山中の道で車が動かなくなって、魔狼の群れに襲われて……。俺とおじい様が駆けつけたときには、きみのときとほぼ同じことが起こっていたんだ」

「……その人だけ、息があった？」

「ああ。だが彼女は死にたがっていた。すでにこと切れているご家族と、離れたくないと。なのに、俺の独断で保護してしまった。彼女が望まぬままに、獣人に生まれ変わらせてしまったんだ」

正親が言って、哀しげに眉根を寄せる。

「彼女は獣人になってまで生きたくはなかったんだ。自分はもう人間じゃない、こんな姿で生き続けるなんて耐えられない、どうして殺してくれなかったんだと、何度もそう言っていた。そして吹雪の夜に家を飛び出して、そのまま、雪山で遭難して……」

「……亡くなったんですか……？」

恐る恐る問いかけると、正親が小さくうなずいた。あまりにも痛ましい話に、胸が痛くなってくる。

「俺が助けてしまったから……、俺のエゴで、彼女をいたずらに苦しませることになった。そのことについては、今でも後悔している」

「正親、さん……」

「でもだからといって、俺には彼女を、もちろんきみのことも、殺すなんて考えられなかった。死んでいい命なんてあるはずがない。命を選別するくらいなら、一生憎まれたっていい。彼女にもきみにも、俺はただ、生きてほしかっただけなんだ」

はかなげな声で、正親が言う。

その声音は、先ほどキスをしてくれたときのように、祈るような響きだ。

死んでいい命なんてない。一生憎まれてもいい。

正親が自分を生かしてくれたのは、人の命を大切に思っているから。

ただ陸斗に、生きてほしいと願ってくれたから。

それが正親にとっての、責任の取り方なのだろう。そこまでの覚悟を持って自分を生かしてくれたのなら、もう何も不安なんてない。

(俺はこの人と、一緒にいたい)

ずっと正親の傍にいたい。獣人の能力を、彼のために使いたい。

彼の子供を産むことはできなくても、正親のことが好きだから――。

「正親さん。俺を、番にしてくれませんか」

「陸斗……、だが……」

「みんながそれを望んでいるからとか、獣人が生きていくために必要だからだとか、そう思って言ってるんじゃありません。ただ俺が……、あなたのことを好きだからです」

真っ直ぐに目を見てそう言うと、正親が瞠目した。

陸斗は立ち上がり、正親に向き合って続けた。

「俺はあなたが好きです。だからずっと傍にいたい。男だから、跡継ぎは産めないけど、あなたの眷属になれるならそれだけで嬉しいんです」

ようやく想いを伝えられた喜びで、胸が熱くなる。湧き上がる思いのままに、陸斗は言った。

「それに、あのとき生きたいと言ったのは俺です。俺は一瞬だって死にたくなかった。化け物って言われても、俺は家族を守れる存在でいたいんです。だから俺を、番にしてください……！」

陸斗の言葉に、正親がどうしてか、泣きそうな顔を見せる。

そうして込み上げる感情を抑えるように目を閉じ、小さく息を吐く。

「きみは、強いな」

正親が言って、目を開き、穏やかな笑みを見せて告げる。

「ありがとう、陸斗。きみがそう言ってくれるなんて、夢のようだ」

「夢……？」

「俺もきみのことが好きだよ、陸斗。できるならきみに、番になってもらいたいと思っていた」

「正親さん……、本当にっ？」

「本当だ。少なくとも、初めてきみを抱いたときには、あとで密かに反省したよ。己の下心を自覚していたからな」

「……そう、だったんですね？」

まったくそうは見えなかったが、あのとき、正親はただ長の責務として陸斗を抱いたわけではなかったのだ。そう思うと嬉しくなってくる。

じゃあ、もしかして。

「あの……、キスとか、添い寝とかっていうのも……？」

訊ねたら、正親が気恥ずかしそうに微笑んでうなずいた。

「昨日だって、本当は気持ちを伝えたくて仕方がなかったよ。だが俺のほうから告げるわけにはいかなかった。俺から求めれば、きみに承諾を強いることになってしまうかもしれない。だからデートしたいなんてガラにもないことを言った。きみが気持ち悪く思っていたらどうしようって、焦りながらな」

「気持ち悪いだなんて！　嬉しかったです。もしかしたら正親さんも、同じ気持ちなのかなって！」

「ふふ、よかった。きみに嫌われなくてほっとした」

正親が言って、そっと陸斗の肩に手を置く。

「新潟に帰ったら、番の儀式をしよう。互いに結ばれる、大切な儀式だ」

「互いに、結ばれる？」

「番というのは、一方的なものじゃない。互いに魂の一部を預け合う、唯一無二の関係になることだ。きみとそうなれることを、俺は心から嬉しく思う」

正親が言葉を切り、真剣な顔で告げる。

「……だがその前に、リキと魔狼の群れを退治しなくてはならない」

「リキの居場所、わかったんですか？」

「ああ。奴は東京のとある場所を拠点に、都市部を縄張りにしようとしている。前にきみが聞いた、『里を手に入れる』というのは、そういう意味だったようだ」

「都市部を縄張りに……、そんなこと、可能なんでしょうか」

「奴には変身能力がある。ほかにも能力を持つ個体がいるなら、不可能ではないかもしれない。だが、こちらもすでに本部主導で殲滅作戦の準備が進んでいる。決行は今夜だ」

「今夜……！」

ずいぶんと急だが、魔獣退治を急ぐときにはそうしなければならない事情がある。

正親が陸斗を見つめて訊いてくる。

「きみも、手伝ってくれるか？」

「俺ですか？」

「都市部には様々な臭いが入り交じっていて、『月夜守』にはそれを嗅ぎ分けることはできない。だがきみならできるし、何より奴の臭いをよく知っている。どうか一緒に来てほしい」

「はい、もちろんです！『月夜守』の皆さんを補佐できるなら、喜んで！」

うなずいて言うと、正親が笑みを見せた。

「補佐じゃないさ。『月夜守』と、きみと、俺たちみんなでリキを狩るんだ」


その日の深夜。東京の都心にある、閑静な住宅街。

高い塀に囲まれた邸宅の近くに止められたバンに、陸斗は正親ほか、大狼一族の「月夜守」たち五名とともに、タクティカルスーツを着て待機している。

すぐに能力を使えるよう、勾玉の首飾りは外していて、獣の耳も尻尾も表に出ている状態だが、作戦を前にしたらもうそんなことは気にならなかった。

（ここに、リキがいるんだ）

邸宅には裕福な高齢男性が通いの家政婦を雇って一人で暮らしているらしいが、男性は少し前から姿を見せず、家政婦も暇を出されていた。

代わりに魔獣らしき個体がそこを根城にしているらしいという情報は、「月夜ノ森」の本部ではしばらく前から把握していて、慎重に調査を進めていたらしい。

今夜突入、殲滅する作戦が決行されることになったのは、昨晩の新宿での魔狼退治のときに、歌舞伎町界隈に集まる家出人や、行き場のない人たちが、邸宅に多数連れ込まれていた事実が発覚したためだった。「月夜ノ森」の本部は、日本政府や警察機構との裏のパイプを持っており、深夜の数時間だけ、今回の作戦行動を行うことを許可されたのだ。

「……先ほど調査部の方に、向こうのビルから暗視スコープで庭を見てもらいました。魔狼が五体ほどいるようです」

外部との連絡を担当している孝介がタブレットで写真を示して告げると、正親が思案げな顔をした。

「まあ、想定内だな。間取りもわかっているが、問題は地下部分か」

「登記簿にも載ってないんじゃ、やっかいですね」

邸宅は、元々この一帯の地主が持っていた土地の一部にあり、登記簿に載っている地下室の先に、戦前に造られた秘密の地下道や、防空壕の跡などが、どこにつながっているのかもよくわからないまま残っている可能性があるとのことだった。

「サポート部隊、所定の位置に待機済みです。道路の封鎖も終わったそうです」

孝介が告げると、正親が皆を見回した。

「よし、じゃあ行くか。とにかく迅速に動こう。これ以上犠牲者を出したくないからな」

皆がうなずき、静かにバンのドアが開く。

正親の後ろについて、陸斗も車を降りた。そのまま邸宅の壁に近づいて――。

「っ！」

獣人の跳躍力を使って、陸斗は壁の上にひょいと飛び乗った。

音を立てないよう気をつけながら縄梯子をかけると、皆が次々登ってくる。

建物にはほとんど明かりがついていないが、庭に面した一階の部屋だけ照明がともっていて、うろうろと歩き回る人影がいくつか見えた。

庭には侵入者を警戒するように、魔狼が徘徊している。

正親がさっと手でゴーサインを出すと、「月夜守」が三人、音もなく庭に飛び出した。

ざく、ざく、と魔狼が斬られる音。次いで正親が武志とともに駆け出し、明かりがともっているテラス窓の脇に駆け寄る。

陸斗と孝介もあとに続くと、正親がちらりと中を見て言った。

「魔狼が変身している様子はあるか、陸斗?」

「……見た目だけでは、なんとも」

「臭いはどうだ?」

「お酒と、煙草と……、あとはなんだか、嗅いだことのない臭いがします」

「そうか。とにかく入ってみるしかないな」

正親が言って、武志に合図を送る。

すると武志が、ハンマーでパンと窓ガラスの真ん中あたりを割り、鍵を開けた。

正親がテラス窓を開けて中に踏み込んだので、陸斗も中に入ると……。

「へへへ、なんだあ? なんかすごいのが来たぞお?」

「わあ、映画みたーい!」

サロン風の部屋の中にいたのは、七、八人ほどの若い男女だ。

酒と煙草のほかに、何かよからぬ薬物でもやっているらしく、皆目がとろんとして、へらへらと陽気に笑っている。

獣人の目と鼻とで、陸斗が注意深く様子をうかがっていると、部屋の隅に立っていた男が、すっと部屋を抜け出して奥に消えた。陸斗は慌てて言った。

「この人たちはみんな人間です！　でも今奥に行った男、あの男は、もしかしたら……！」

「追うぞ！」

人間たちを残して、消えた男を追う。

部屋の奥は暗かったが、地下への入り口があり、男はそこの階段を下りたようだ。

皆で一気に駆け降りた先は広い地下室で、魔獣の臭いがした。

懐中電灯をつけた途端、魔狼が数体こちらに飛びかかっていた。

「いたなぁ！　おらぁっ！」

先頭にいた武志が刀を振るい、二体の魔狼を瞬時に切り裂く。

続いて正親も前に出て、魔狼を次々一刀両断していく。

あっという間に十体近くいた魔狼を退治すると、上の階から孝介が下りてきて言った。

「サポート部隊、入ってもらいました。屋敷の中は任せて、先に進んで大丈夫です！」

「よし、行こう」

正親が言って、地下室の奥にある扉の前に進む。

登記簿に載っているのはここまでだ。先ほどの男が通り抜けたためか、扉に鍵はかかっていなかった。

「開けるぞ」

正親が注意深く扉を開く。

細い通路の向こうに、土壁がむき出しの地下道が、左右に延びている。

懐中電灯をかざしても先のほうはよく見えないが、湿った土や汚水の臭いに混じって、魔獣の腐臭がしてくる。

それから人の血の臭い。そしてその先に、かすかにリキの臭いがする。

「リキがいます。たぶん、左のほうに……」

言いかけたところで、左右からたくさんの足音が聞こえてきた。

三人ずつに分かれ、刀を構えたところで、魔狼が五体ずつ現れた。

「これ、もしかしてキリがないやつじゃないすかっ?」

「全部斬り捨てますから、進んでください！」

武志ともう一人の「月夜守」が言って、魔狼を斬りながら左に進む。

正親と陸斗が先に進むと、道は二股に分かれていた。

リキの臭いは細い左側の通路からしてくる。

「こっちです！」

陸斗は言って、懐中電灯で照らしながら細い通路を進んだ。

暗い通路の奥から、また魔狼が数体現れたが、正親が刀でなぎ払う。

やがて最奥にたどり着くと、壁に沿って下へと続くらせん階段があった。

出入り口があるのか、底には明かりが洩れている。

底から吹き上げてくる風に乗って、腐臭と人の血の臭いとが立ち上ってきた。

「……あの中には陸斗と二人で行く。俺の後ろにいろ、陸斗」

正親が硬い声で言って、階段を下りながらすっと前に出る。

底まで下り、明かりが洩れているアーチ状の入り口まで武志ともう一人の「月夜守」とが先に行き、脇を固めてうなずく。先に進んだ正親に続き、陸斗も入り口をくぐると……。

「……っ……」

そこはドーム状の広い空間だった。

周りをぐるりと取り囲むようについたランプの明かりの下、円形の床には魔狼がひしめいていて、奥の少し高くなっている場所には、体の大きな魔狼が数体と高齢の男性、そして先ほど逃げていった男がいる。

彼らの足元には、物言わぬ亡骸がいくつも倒れている。

「……なんだよ、もう来やがったのかよ。めんどくせえなぁ」

高齢の男性が、姿に似合わぬ口調で言う。

おそらくこの邸宅の主だった男性をリキが食らって変身しているのだろう。

「ちょうど楽しい食事の時間だったんだぜ？　いつだって無粋なんだよ、神獣の血族ってやつはよぉ」

「それは悪かったな、リキ。おまえたちにとって、最後の晩餐になるというのに」

正親が冷たく言って、刀を構える。

リキがはあ、とため息をつき、陸斗のほうを見て言う。

「おまえ……！　獣人は俺らの仲間だって教えてやったろ？　どうしてそいつら人間側につくんだよ？」

「俺は人で、おまえたちの仲間じゃない。俺はそう生きるって決めたんだ」

「はー、つまんねえ答えだな！　獣人を手に入れたらいい退屈しのぎになりそうだったのに、がっかりだぜ！」

呆れたようにまたため息をついて、リキが言う。

「けど、まあいいか。神獣の血族の長と話がしてみたかったんだ。わざわざ来てくれて嬉しいよ、大狼正親！」

正親を見つめたまま、リキがさっと手を上げる。

「……あっ！」

背後でゴリゴリと音がしたと思ったら、アーチ状の入り口の上部から石の壁が下りてきて、通り道が塞がれてしまったから、陸斗は慌てて振り返って、壁をどんどんと叩いた。

向こう側から武志が何か言っているのが聞こえるが、どうやらこの空間は完全に閉ざされてしまったようだ。

焦って正親を見るけれど、彼はちらりと背後を見ただけで、動揺した様子はない。

リキを真っ直ぐに見つめて、正親が訊ねる。

「俺となんの話をしたいんだ、リキ？　命乞いなら無駄だぞ？」

「ははっ、聞きしに勝る豪胆ぶりだな！　この状況で、俺が命乞いなんかすると思うのか？」

リキが不敵に言って、ふんと鼻を鳴らす。

直後、高齢の男性の姿が溶けるように崩れて、リキが四つ足の魔狼の姿に変わり始めた。

リキに合わせるように、先ほどのもう一人の男もゆっくりと魔狼に変わる。

正親がほう、と感嘆したように言う。

「本当に変身ができるんだな。これなら都市部に縄張りを持って、人の間を出歩いていても気づかれないだろう」

「俺たちも生存がかかってるんだよ。わかるだろう？」

リキが言って、狼の頭を上げて正親を見る。

「この国じゃ狼はとっくの昔に絶滅していて、これ以上魔狼が増えることはない。そして俺たちは、魔に落ちた存在ゆえに繁殖もできない」

そう言ってリキが、きらりと狼の目を輝かせてこちらに顔を向ける。

「だが狼人ってのは、人間と魔狼の血で生まれるんだ。ある意味俺たちの子供みたいなものなのに、おまえら神獣の血族はそれも取り上げる。あまりにも意地が悪すぎないか？」

「仕方がないさ。獣人は人だし、調伏されるのがおまえたち魔獣の運命だ。平安の昔からそう決まっている」

「そうかい。じゃああんたがここで死んでも、運命ってことでいいんだな？」

リキが狼の口を開いて長い舌をぺろりと出す。

「大狼一族の長を食らったら、俺はもっと強く、賢くなるだろうな。ことによったら、神獣の力を手に入れられるかもしれない」

「……リキ。おまえはもしかして、俺を食らうつもりなのか？」

「こんなまたとない機会を手に入れたんだ。おまえを食って、狼人は俺のものにする。いい考えだろ？」

（だから、入り口を塞いだのか……！）

罠にはめられた気がして、思わず歯噛みしてしまう。

陸斗には戦闘能力はないし、これだけの数の魔狼を正親一人で相手にするのもさすがに厳しいだろう。武志たちが外から石の壁を取り除いてくれるまで、なんとか時間を稼ぐしかないが、でもどうやって……？

「なるほど。おまえも群れの長だということか、リキ」

正親が言って、すっと刀を持ち上げる。

「俺にもその重圧はわかるつもりだが、陸斗は俺のものなんだ。おまえに渡す気はない」

「刀一本でどうする気だ。この数を斬り尽くせると思っているのか？」

「まさか。こいつは陸斗のお守りだよ」

そう言って正親が、聞いたことのない言葉を発する。

すると刀がまばゆく光り、床を覆う魔狼の群れが、恐れるように後退した。

「陸斗、これを持っててくれ」

「えっ？　で、でもっ？」

「この状態なら軽く振るだけで魔狼を斬れる。すまんが少しの間だけ、これで身を守っていてほしい」

そう言って正親が刀をよこしたので、恐る恐る手に取った。

ずしりとした重みにおののきながら、何をするつもりなのだろうと見ていると、正親がタクティカルスーツの上着を脱ぎ捨てたから、驚いて息をのんだ。

怪訝そうに獣の耳をピクリとさせたリキを見据えながら、正親が言う。

「我が身に宿る神獣よ。我に魔獣を散華させる力を与えたまえ」

「……っ！」

声に応えるように、正親の体が刀と同じように光り輝いたので、まぶしくて目を細めた。目の前で正親の体がみるみる形を変え、大きな四つ足の狼が出現する。

魔狼たちよりもひときわ大きく力強いその姿は、見るからに神々しく、まるで神獣そのもののようだ。リキがうなるように言う。

「おいおい、マジかよ！　変身するなんて聞いてねえぞっ？」

「はは、それはまあそうだろうな」

狼神獣の姿になった正親が笑って、低くすごみのある声で続ける。

「神獣の姿を見て、逃げ延びた魔獣はいないのさ。だから知らなくて当然だ」

「言ってくれるなぁ！　だったら俺らがその最初の魔獣になってやる！　おまえら、そいつをやれ！」

リキの命令に、魔獣たちが一斉にこちらに向かって走り出す。

魔獣退治の場でも見たことがないほどの数に、震え上がりそうになるけれど。

「え、えい！」

おとなしく縮こまっているのも癪だったから、思わず正親の横に出て、飛びかかってくる魔狼の群れに向かって刀を振るった。

すると切っ先から閃光が走って、先頭の魔狼が十数体、真っ二つに切れて蒸発するみたいに消え去ったから、自分でも驚いてしまう。

衝撃で尻もちをついてしまった陸斗に、正親がおお、と感嘆の声を上げる。

「きみはなかなか筋がいいな、陸斗。ふふ、俺も負けていられないな！」

正親が言って、神獣の体をひょいと躍らせる。

そうして波のように押し寄せる魔狼の群れの真ん中に、まるで重さなどないみたいにふわりと着地した。さすがに多勢に無勢なのではと思い、焦ったけれど。

（……わっ……、すごい……）

神獣の体そのものに、穢れを消し去る力があるのだろうか。

神獣の四肢で踏まれた魔狼の個体は、水の中に落ちた雪のように瞬時に消え失せる。鼻で突き上げられた個体は派手に吹っ飛んで、群れの中に落ちて爆弾のように破裂する。

文字通り蹴散らされた魔狼の群れは縦横に逃げまどい、混乱して互いに噛み合う個体まで現れた。

こちらに流れてくる群れだけでも退治しようと、陸斗も懸命に刀を振るうと、あっという間に数が減っていった。

群れの魔狼ではまるで相手にならないとわかったのか、リキがまたうなるように言う。

「クソッ、役立たずどもが！　おまえら、行けっ」

リキの命令に、奥のほうに固まっていた体の大きな個体が、大きく展開しながら次々と正親に襲いかかった。

けれど一斉に体に噛みつかれても、神獣の体はびくともしない。

ぶるんと振るい落とされ、一体ずつ頭をがぶりと噛み砕かれて、身をけいれんさせながらしゅうしゅうと蒸発していく。

まさに「散華」という言葉が似つかわしい、凄惨だがどこか厳かな光景だ。

残った魔狼を端から斬っていったら、もはや群れの体をなさない状態になった。

正親が顔をぐっと持ち上げて、リキに告げる。

「来い、リキ。おまえとはちゃんとやり合いたい」

「抜かせっ！」

正親に煽られて、ようやくリキが飛び出してくる。

群れを率いるボスだからなのか、それとも決死の獣というのはやはり獰猛なものだからなのか。

リキは先ほどの大きめの個体とは比べものにならないほど機敏な動きで、激しく神獣に襲いかかる。首や喉笛に噛みつき、爪で体を抉るので、神獣の被毛からは時折赤い血が噴き出す。

しかしそれに対する正親の反撃は、一撃一撃が重く、何度も挑みかかるたびにリキの動きが鈍っていくのがわかる。力の差があまりにも歴然としているので、むしろどうして神獣が傷を負っているのか、疑問に思うくらいだ。

その答えは単純で、正親はリキからの攻撃を避けたりいなしたりせず、すべてまともに受け止めているのだ。まるであえて傷ついているかのように。

(正親さん、なんだか心の中で、泣いてるみたいだ)

これはもしかしたら、獣人である陸斗だけが感じていることなのかもしれない。

正親はここまでずっと冷静沈着、うろたえることなど少しもなく、魔狼のボスであるリキと戦っているけれど、神獣の姿をした彼からは、しんとした深い哀しみが伝わってくる。

魔獣は調伏される運命だと正親が言っていたが、元は野生の獣なのだ。魔に落ちさえしなければ、獣としての生をまっとうしていたかもしれない。

正親は神獣の血族の長として、魔獣の意識深くに眠る、獣の無念を受け止めているのではないか。彼が時折重い傷を負い、その痛みに耐えているのも、もしかしたら――?

「ぐ、ぅう……!」

やがて力を出し尽くして、もはや立ち上がることすらできなくなったリキが、うなりながら正親をにらむ。正親が傍に近づいて、静かに言う。

「おまえは先ほど、生存がかかっていると言ったな。俺たち神獣の血族は、おまえたち獣の存続のためにこそ、魔獣を調伏してきた。だからどうか、あとは俺たちに任せてほしい」

「な、ん……?」

「魔の気が浄化されれば、おまえも一頭の獣に戻るだけだ。何も恐れることなどないし、後悔する必要もない。ただ命の理のままに、逝くがいい」

正親が諭すように告げてリキの喉笛に噛みつき、ぐっとあごに力を入れる。

リキはビクビクと体をけいれんさせ、やがて動かなくなった。

その体もほかの個体と同じように、しゅうしゅうと音を立てて蒸発していく。

魔の気を浄化させる力。それが神獣の力、一族の長である正親の、真の力なのだろう。

平安の昔から受け継がれてきた、神獣の血族の――。

「……あっ……、正親さん！」

神獣の姿から再び人間の姿に戻った正親が、めまいでも起こしたみたいにその場にばたりと倒れたから、慌てて駆け寄って抱き起こす。

リキの攻撃を受けたせいか、正親の衣服にはあちこち血がにじんでいる。意識が朦朧としていて目の焦点が合わず、呼吸もひどく浅い。

神獣の力強さから一転、あまりの憔悴ぶりに動転していると、正親がかすれた声で言った。

「……ああ、きみの腕、温、かいな」

「正親さん……！」

「すまないが、あとは、頼、む……――」

「……！」

腕の中で、正親ががくりと気を失う。

まるで神獣に生気をすべて持っていかれたかのようだ。どうしようと焦っていたら、入り口のほうで小さく爆発音がして、石の壁がガラガラと崩れた。

「よし、通れるぞ！　突入だ！」

「うおお……！　あ、あれ？」

刀を手に乗り込んできた武志たちが、がらんとした部屋の様子に驚いて刀を下ろす。

続いて入ってきた本部の「月夜守」が部屋を見回して、何か察したように陸斗に訊ねる。

「狼神獣のお力を、解放されたのですね？」

「……は、はい！　でも、気絶してしまって！」

「状況を把握しました。あとは我々にお任せください。大狼家の方たちは、現場の記録をお願いします。おい、誰か担架を！　浄化班も入ってくれ！」

本部の「月夜守」が、武志たちや順に入ってくる職員にてきぱきと指示する。

作戦が終わったのだと安堵しながら、陸斗はすっかり力を失ってしまった正親の頭を、そっと抱き支えていた。


それから一週間ほどが経った、ある朝のこと。

「……正親さん、おはようございます。今日もいい天気ですよー」

病室の窓のカーテンを開けて、陸斗は正親に声をかけた。

ベッドに横たわる正親は目を閉じたままだが、時間の移ろいを規則正しく感じることが回復を早めると公親に聞いたので、陸斗は朝晩こうしてカーテンの開け閉めをして、折々声もかけている。

（今日は少し、顔色がいいかも？）

あの晩、殲滅作戦に参加した「月夜守」と陸斗は、その後本部に出頭して、作戦の報告を行った。正親は気絶したまま現場から運び出されたあと、都内にある本部の療養施設に移送され、そこで回復を待つことになった。

陸斗も付き添って泊まり込んでいるのだが、かれこれ一週間が経っても、正親はまだ目を覚まさない。神獣への変身がそんなにも負担の大きいことだなんて、まさか思いもしなかったから、陸斗はとても驚いている。

聞けば公親が早々に大狼一族の長を引退したのも、特別な儀式によって長だけに受け継がれる神獣への変身能力に、体が持ちこたえられなくなったかららしい。

正親が変身するのは今回が初めてだったようだが、そもそもよほどのことがなければ変身することはなく、生涯を通じて神獣に変身できる回数にも限りがあるとかで、リキは魔狼のボスとして、それだけ強敵だったということだ。

本部のほうでもそうとらえているらしく、リキと魔狼の群れが潜んでいた邸宅は、「月夜ノ森」によって購入手続きが進められており、地下空間は慰霊と鎮魂の儀式を執り行った後、厳重に封鎖されることが決定している。

建物はいずれ取り壊され、新しく組織の施設が建てられる予定だという。都市部に最強クラスの魔狼が進出した記録を、しっかりと残すための場所として――。

「……ん……？」

「……！　正親さん、目が覚めたんですかっ？」

「陸斗……？　ここ、は……？」

まどろんでいるみたいな目で、正親がこちらを見る。

ベッドに近づいて屈み、正親の手を取ると、彼があぁ、と小さく声を発した。

「……思い出した。リキとやり合ったあと、俺は気を失って……」

「今日で一週間です。よかった、ずっと目覚めなかったらどうしようって、俺……！」

本当はとても不安だったので、泣きそうになりながら言うと、正親が笑みを見せた。

「心配をかけたな。もう、大丈夫だ」

「よかったです。本当に、よかった」

心底安堵しながら正親の手に口づける。正親が静かに訊いてくる。

「……犠牲者の亡骸は、ちゃんと葬ってもらえたかな？」

「はい。本部の方たちと一緒に、みんなで弔いました」

「そうか。体調が戻ったら、俺も花を手向けよう」

正親が言って、哀しげに目を閉じる。

「月夜守」として生きる以上、何度もああいうことはあるし、慣れてしまうこともないと、正親は以前言っていた。悔しいようなやるせないような気持ちで、陸斗は言った。

「誰も犠牲者を出さないというのは、本当に難しいことなんですね？」

「そうだな。でも、できる限り努力していくしかない。それが俺たちの、つとめだ」

「はい。俺も、もっとみんなの役に立ちたいです」

「そう言ってもらえるのは嬉しいが、あまり気負わないでくれ。きみはきみのできることをしてくれたらいい。きみにしかできないことを」

正親がそう言って、優しく頬を撫でてくれる。

自分にできること。自分にしかできないこと。それは……。

「帰ったら、俺のことすぐに番にしてくださいね？」

「ああ、もちろんそのつもりだ。もう今から、待ち遠しいよ」

その気持ちは陸斗も同じだ。

幸福な気分を味わうように、二人はしばし見つめ合っていた。

「おかえりなさーい、正親さん！　陸斗くん！」

「お疲れさまだよぉ！　ささ、荷物はこっちにおいてね」

「よく帰ってきたねえ！　あんた方のために、ごちそうをたっぷり作ってるから！　特に長には、精力つけてもらわないとね！」

正親が意識を取り戻してから、二週間後。

リハビリ等を終え、本部の医師の許可が出たので、正親はようやく療養施設を出ることができた。久しぶりに新潟支部に戻ると、いつもの日本家屋の玄関先で、親族の女性たちがやたらと楽しげな様子で出迎えてくれた。

奥の厨房からは、酢飯のようないい匂いがしてくる。

もしかして、正親と陸斗が番になることを、もう知っているのだろうか。思わぬ盛り上がりに驚いて、顔が熱くなっていくのを感じていると、正親が呆れたように言った。

「やれやれ、番の件、もう知られているのか。見舞いに来てくれた弓弦と泰典にはちらっと打ち明けたが、まだ皆には話してくれるなと言っておいたんだがなぁ」

「……すまん、話したのはわしじゃよ」

廊下の奥から公親がやってきて、頭をかきながら言う。

「狐塚の屋敷でおまえたちが話していたのを、聞いてしまってな。昨日陸斗の妹御を連れてここに寄ったら、成り行きでそういう話になってしまって」

「えっ、佳奈、ここに来てるんですかっ？」

驚いて訊ねると、公親の後ろからおずおずと佳奈が現れた。

佳奈と祖母のことは公親と本部の職員が面倒を見てくれていると聞いていたが、佳奈は学校や病院の行き来で忙しかったようで、短いメッセージのやりとりをしていただけだ。

陸斗のほうはこのところずっと組織の施設にいたため、すっかり油断してしまっており、一応申し訳程度にロングパーカで隠してはいるが、獣の耳と尻尾が出しっぱなしになっている。

慌てて耳を手で隠そうとしたら、佳奈が首を横に振って言った。

「いいの！　お兄ちゃん、そのままでいいから！」

「い、いや、でもっ！」

「私、公親さんやここの人たちにいろいろと教えてもらったの！　お仕事のこととか、組織のこととか。お兄ちゃんがどうなってしまったのかってこととか」

佳奈が言って、申し訳なさそうに続ける。

「この前は、化け物だなんて言ってごめんなさい。お兄ちゃんはお兄ちゃんだって、私、もうちゃんとわかってるから。耳も尻尾も、無理に隠さないで？」

「佳奈……」

「おばあちゃん、じきに退院できるから。そうしたら私、アルバイトも勉強ももっと頑張る。それで高校卒業したら、私も組織の協力者になりたいって思ってるの。そうしてもいいですか、公親さん、大狼さん」

佳奈が二人に訊ねる。正親が笑みを見せて言う。

「きみがそれを望むのなら、もちろん。でもすぐに決めなくてもいいし、考えを変えてもいい。いずれにしても、きみやおばあ様のことは、我々が全面的にバックアップするつもりだ。だから高校生活を十分に楽しむといい」

「正親さん……、本当に……、本当にありがとうございます！」

こんなにも嬉しいことはなかったから、陸斗は思わず頭を下げた。

獣人になったことを知っても佳奈が自分を兄と思ってくれ、理解してくれて、協力者になりたいとまで言ってくれる。そして正親は、それを支えると言ってくれたのだ。

陸斗の肩にポンと手を乗せて、正親が告げる。

「礼には及ばないよ。俺たちはもう、家族みたいなものだ。そうだろう？」

「……あ……、は、はい」

正親がほのめかす言葉の意味に、胸がジンと熱くなる。

早く番になりたい。そう心がはやるのを、陸斗は感じていた。

夕方、正親が手配してくれた車で、佳奈は家に帰っていった。

以前地域の民生委員をやっていたという、様々な手続きに詳しい正親の親族の女性が同行してくれていて、祖母の退院の準備などを手伝ってくれることになっている。

その日はもちろん、陸斗も病院まで迎えに行くつもりだが、その前に――。

「疲れていないか、陸斗?」

「は、はい、大丈夫です」

正親の屋敷の、彼の寝室。目の前に敷かれた大きな布団を前に、獣の耳も尻尾も出したままちんまりと正座した陸斗は、少しばかり緊張していた。

二人して念入りに身を清め、この日のために用意された絹の着物をまとっているのだが、陸斗は正親の体から濃密に漂ってくる甘い匂いに、早くも欲情してしまっている。

今から自分はその匂いに包まれ、ここで正親と抱き合い、番になる儀式を行うのだ。

性行為そのものは一度経験しているし、怖くはないのだが、途中で正親が神獣の姿に変わると聞いて、想像もつかない状況に思考が追いつかないでいる。

番になったあと自分がどうなるのかもわからないので、その点も少し不安だ。

正親が部屋の照明を少し絞り、先に布団の上に安座して、優しい声で言う。

「そんなに緊張しなくてもいい。怖いことは何もないんだ。俺を信じてくれ」

「信じています、もちろん。ただちょっと、いろいろ考えちゃって」

「いろいろ、というと？」

「その……、正親さん、変身したらまた何日も意識が戻らなくなったりしませんか？」

「ああ、その点なら心配はいらない。儀式のために一時的に神獣に身を委ねるだけだし、戦うわけでもないんだ。何よりきみと触れ合っていれば、体の負担はほとんど消えてなくなるからな。ほかには？」

「ええと、番になったら、また体が大きく変わったりするんでしょうか？」

獣人への変化がかなり強烈だったから、ここからまた何か変わるのなら、慣れるまでが大変だ。陸斗の不安を察したように、正親が答える。

「基本的にはあまり変わらない。ただ、番になるとお互いに深いところで魂がつながるといわれている。遠くにいても存在を感じられる、というようなことが起きるらしい」

「そうなんですね。それはなんだか、心強い気がします」

「ほかに、不安なことはないか？」

「そう、ですね……。不安というか、疑問が一つ」

「言ってみてくれ」

正親にうながされたので、陸斗はためらいながらも言った。

「俺が正親さんの番になること、みんなとても喜んでくれて、よかったって言ってくれてますけど、俺、男じゃないですか？　でも正親さんは一族の長で、やっぱりその、跡継ぎとかいないと、困るんじゃないかなって……」

その点に関して、誰にも何も言われないままここまできてしまったが、自分としては大いに疑問に思っていることだ。

番というのが、特別な関係であるのは間違いないが、いわゆる伴侶と思っていいものなのか、それともそうではないのか。

そうではないのだとしたら、彼は別に妻を娶ったりするのか。

まさかそんなわけはないと思いたいが、一族の長という彼の立場を考えると、あり得ないとは言い切れない。緊張しながら答えを待っていると、正親があっさりと言った。

「いや、別に困らないぞ？　長の立場は世襲じゃないしな」

「そうなんですか？　でも……？」

「たまたまめぐり合わせで、俺は若くして一族の長になった。あれから十数年が経って、次の長にふさわしい『月夜守』もちゃんと育ってきている。だから跡継ぎのことは考えなくていい。俺はただ、きみに傍にいてほしいだけなんだ」

そう言って正親が、どこか切なそうに続ける。

「俺は長いこと、恋などするのは許されないと思って生きてきた。幼なじみを獣人にしてしまった挙げ句守ることすらできなかった、俺みたいな男が、人を愛するなんてあり得ないとな」

「正親、さん」

「でも俺は、きみと添い遂げたい。きみだけは失いたくない。きみを愛しているからだ」

熱っぽい目をして、正親が告げる。

「改めてこいねがうよ、陸斗。どうか俺の番になってほしい。そして生涯、この俺の傍にいてくれ」

「……正親さん……、嬉しいです、正親さん……！」

なんだかもう胸がいっぱいになってしまって、飛びつくように正親にすがる。

正親がかすかに息を弾ませ、陸斗をかき抱いて、そのまま布団の上に倒れ込んだ。

そうして互いに見つめ合い、言葉もなく口唇を重ねる。

「あ、んつ、ん、つふ……」

口唇を吸い合い、舌を絡めて熱を伝え合う、これ以上ないほどに甘い口づけ。

キスをされながら獣の耳をくすぐられ、体が劣情で沸騰してかあっと熱くなる。着物越しに触れる正親の体も熱く、昂っていくのが感じられる。

直接触れ合いたくて、自ら帯をほどいて着物を脱ぐと、正親も着物を脱ぎ捨て、肌を合わせるように身を重ねてきた。

「……は、ぁっ、正親さんの、肌、熱、いっ」

触れ合うだけで気持ちがよくて、ぞくぞくと体が震える。

喉や胸にキスをされ、大きな手で肌を撫でられたら、ひとりでに欲望が勃ち上がるのがわかった。

「きみの肌は、たまらない匂いがするな」

うっすらと汗ばみ始めた肌にちゅ、ちゅ、と口づけながら、正親がため息交じりに言う。

「それに、舌に甘い。人と、獣と……、そのどちらの血も、俺をどこまでも煽り立ててくる。まるできみの体そのものが、媚薬みたいだ」

「び、やく？　あっ、あぁ、んっ」

性的に興奮させる薬のことだっただろうかとぼんやり思っていたら、胸の真ん中を舌でつっと舐め上げられ、恥ずかしく声が洩れてしまった。

少し荒い息づかいに、正親が自分の体に興奮してくれているのだと伝わってきて、こちらもますます気が高ぶってくるのを感じていたら、両の乳首を代わる代わる舐められ、口唇でちゅくちゅくと吸い立てられた。

そこはとても感じる場所で、それだけで背筋とビンビンと甘いしびれが走った。

ジンジンするほど胸をしゃぶり尽くされ、突起がきゅうっと硬くなる。熱を持ってぷっくりとふくらむまでそこを味わった正親の口唇と舌とがまるで体中の反応を知ろうとするかのように、陸斗の体のあちこちを移動し始める。

「はあ、ぁ、ああ……」

脇の下や脇腹、へそのくぼみ。そのまま下腹部に触れられるのかと思いきや、脚を開かされ、内腿から膝裏、ふくらはぎのふくらみへ。

正親の柔らかな口唇と熱い舌とが、陸斗の肌を這い回る。

温かい手は背中や腰、双丘の肌を滑り、敏感な場所を的確に探り当てて優しくくすぐってくるけれど、その心地よさに浸っていると、時折爪の先で引っかくようにされてビクンと体が跳ねてしまう。

優しくて温かくて、陸斗の全部を愛おしむような、正親の愛撫。愛する者にはこんなふうに触れ、大切に慈しむものなのだと、身をもって教えられているみたいだ。

愛される悦びに、次第に恍惚となってくる。

「あ、はぁっ、そ、れ、いいっ」

足の指を一本ずつ口に含まれて舐り回され、指の間をねろりと舐められて、たまらず上ずった声を上げる。

もう頭の芯までしびれて、何も考えられない。

身も心もとろとろに蕩かされ、ほとんど前後不覚になっていると、正親が少し体を起こして陸斗を見下ろし、嬉しそうに言った。

「きみのここ、たっぷりと蜜をこぼしているぞ？」

「み、つ？　ひゃっ！」

屹立した陸斗自身の先を舐められて、正親の言葉の意味を理解する。

直接触れられてもいないのに、陸斗のそこはぐっしょりと濡れてしまっている。幹のほうまで滴った透明液を丁寧に舐め取って、正親が言う。

「……ふふ、これがきみの先走りの味か」

「やっ、恥ずか、しいっ」

「そんなふうに思う必要はないさ。むしろもっと濃厚なほうも味わいたい。俺はきみの全部を、味わいたいんだ」

「はっ、ぁあ、待っ、そんなっ……！」

正親がそこに顔をうずめ、喉奥まで欲望を口に含んでゆっくりと頭を揺すり出したから、快感と羞恥とで顔がぼっと熱くなる。

口淫をされるのなんて、もちろん初めてだ。

目の前で展開される淫猥すぎる光景にくらくらするけれど、自身を潤んだ口腔に包まれ、優しく吸い上げられるだけで、すぐにでも暴発してしまいそうなほど気持ちがいい。

口唇で幹を搾られ、舌を裏の一筋に添えられてさわさわと撫でるようにされたら、たまらず腰が浮き上がった。

「は、ああっ、正親、さっ」

正親の動きに合わせてはしたなく腰を跳ねさせ、快感に没入する。

自分からそんなふうにするなんてと、浅ましさを感じなくもないけれど、正親は陸斗の反応に応えるように、浮き上がった陸斗の腰を支えてくれた。そうしてジュプジュプと音を立てて、さらに激しく陸斗自身を吸い立ててくる。

淫らすぎる音と刺激とに、あっけなく終わりが迫ってくる。

「あっ、あっ！　も、駄目、ですっ、白いの、出ちゃっ……！」

首を横に振って限界を訴えるけれど、正親は離してはくれない。付け根に指を添えられ、追い立てるみたいにしごかれたら、腹の底がきゅうっと収斂し始めて――――。

「ぁっ……、ああっ……」

こらえることができずに、正親の口腔に己を放つ。

熱っぽい口の中が、自らこぼした白蜜でとろとろと潤む感触に、頭の中が真っ白になる。

すぐにでも吐き出してしまってほしいと思ったけれど、正親は目に薄い笑みを浮かべて、まるで本当に味わうように幹に舌を添わせている。

やがて放出が収まると、正親が口唇を窄めたまま、ゆっくりと頭を持ち上げた。こぼしてしまわないようにか、先端の部分の形をなぞるようにして口唇を離し、上体を起こす。

「あっ……」

コクリと音を立てて、正親が口の中のものを嚥下したから、頭がかあっと熱くなった。

自分のものを飲まれるなんて、ひどく恥ずかしいけれど。

「……ああ……、すごいな、これは。想像していた以上だ」

正親がうっとりと言って、艶めいた笑みを見せる。

「キスで体が癒やされるのだから、きみのこれにも同じような作用があるのだろうと想像していたが、あれよりもずっと強烈だ。俺は今、体中の細胞が生まれ変わりそうな感覚になっているよ！」

ちょうど「そう、なんです、か？」

どういう感じなのか、陸斗にはよくわからないけれど、もしかしたらそれは、ちょうど正親の血をもらったときのような感覚だろうか。

やはり神獣の血族の正親と獣人の自分とは、互いを癒やし合える存在なのだろう。

そして番になったら、その絆は生涯のものとなるのだ。これほどの喜びがあるだろうか。

「……正親さんのも、欲しいです」

甘くねだるように、陸斗は言った。

「おなかの中に、いっぱい欲しい……、俺を抱いて、正親さんの番に、して？」

「いいとも。きみの望むとおりにしよう」

正親が答えて、枕元に置かれた薬の包みと水のほうに手を伸ばす。

けれど途中で手を止め、こちらを見て何か思いついたように言った。

「これは使わずに、しようかな。少し脚を開いてみてくれ」

「？　はい……」

よくわからないまま、膝を曲げて脚を開くと、正親が膝の裏に手を添えて、そのままぐっと肩のほうまで持ち上げてきた。

腰を浮かされて体を折られた格好になり、下腹部から後孔まで正親に丸見えになってしまったから、かすかな羞恥を覚えていると、正親が艶麗な目をして告げた。

「可愛いよ、陸斗。ここも、味わわせてくれ」

「つあ！　やっ！　待ってつ、そん、なっ……！」

あらわになった窄まりに正親が口づけ、舌でねろねろと舐めてきたから、驚いて叫んだ。

先ほど身を清めたときに、そこもちゃんと綺麗にしてはいたけれど、舌を這わされるなんて、まさか思いもしなかった。

壮絶に恥ずかしくて、うねうねと腰をひねって逃れようとするが、膝裏をがっちりと押さえられ、浮いた腰の下には膝を入れられてしまっているから、そうすることができない。

この間と同じく、薬と指とでそこを開かれるのだとばかり思っていたから、こんなふうにしても同じようになるのだろうかと疑問にも思ったけれど、優しく丁寧に、繰り返し舐られるうち、外襞が柔らかくほどけてくる。

「ふっ、ぁあ！　な、かっ、や、ぁっ」

ほころんだ窄まりを尖らせた舌先で突かれ、中まで沈められて、ビクビクと腰が跳ねる。

まるで後孔にキスをされているみたいだ。

あまりにも淫猥な行為に、まなじりが濡れそうになるけれど、熱く肉厚な舌で舐め回されると、そこには指で触れられるのとはまた違う、温かく甘露な快感が走る。濡れた舌で何度も穿たれ、内襞まで舐め上げられると、やがてとろりと溶けたようになってきた。

頃合いと見たのか、正親がちゅぷ、と卑猥な水音を立てて口唇を離し、陸斗の秘められた場所に目を落とす。

「綺麗だ。甘く潤んで、まるで熟した果実だ。俺の指も、ほら、こんなふうに受け入れていくぞ？」

「は、ぁ……」

正親が手のひらを上に向け、中指と薬指をそろえてとぷんと後ろに挿入してきたから、吐息みたいな声が出た。

内壁をなぞりながらゆっくりと出し入れされても、痛みや引きつる感じはない。それどころか肉の襞が指に絡みついて、離すまいといやらしく吸いついていく。

中をくるりとかき混ぜて、正親が訊いてくる。

「きみのいいところは……、このあたりだったかな？」

「ひぅっ！　ぁ、あっ！　そ、こっ、駄、目っ！」

感じる場所を探り当てられ、指の腹でくにゅくにゅともてあそばれて、腰が恥ずかしく揺れる。

陸斗の中にあるそこは、悦びの泉のようなところだ。こすられただけで快感で身が震え、達したばかりの欲望からは、先ほどの残滓とともにまた透明液がこぼれてくる。

そこを、正親の剛直でズンと突いてほしい。切っ先でゴリゴリと抉って、たまらないほどの快楽を与えてほしい。

切ないほどに正親が欲しくて、陸斗は啼くような声でねだった。

「も、欲し、いっ。正親さんが、欲しいですっ」

「……ああ、俺もだ。きみが欲しくて、どうにかなってしまいそうだよっ」

「あんっ」

指を引き抜かれただけで小さく達しそうになり、淫らな声が出てしまう。

体を二つに折られた格好のまま、自分で膝裏に手を添えると、正親が体の位置をずらして、あらわになった後孔に彼自身の先端をぐっと押しつけてきた。

そうしてのしかかるようにしながら、陸斗の中にずぶずぶと怒張を沈めてくる。

「あっ、ああ、はぁあ……！」

信じられないほど熱くて、すさまじいほどのボリュームの肉杭が、陸斗の肉体を押し開いて侵入してくる。

この間は薬の作用で、そこは少し鈍くなっていたのかもしれない。

窄まりをいっぱいまで開かれ、肉襞を巻き込むようにしながら雄をつながれて、体中の筋肉が緊張でみしみしときしむ。

でも陸斗の肉筒は、悦びの記憶を覚えているのかヒクヒクと蠢動し、正親の幹にピタピタと吸いついて貪欲に咥え込んでいく。

まるで獣人の本能が、正親を求めているかのようだ。

「くっ、すごいな。きみに俺の全部を搾り取られそうだ」

正親が言って、ふう、と小さく息を吐く。

「すまないがもう動かせてくれ。情けない話だが、最初はそんなに長くは、持たないかもしれないっ」

「う、あ、あぁっ、ああっ」

中はまだなじんでいない様子だったが、正親が腰を使い始めたので、たまらず声を上げる。

正親の雄は肉の楔みたいに奥のほうまで貫いてきて、まだ狭い内奥をぐいぐいと押し開いてくる。ぬぷっと引き抜かれ、またズンとはめ戻されるたびに、熱くて硬い頭の部分が奥へ奥へと進んでくるようだ。

やがて正親の下腹部が双丘にぴしゃぴしゃと打ちつけられるようになり、肉杭も最奥まで届いて、突き上げられるたびに頭の先まで律動の衝撃が走り始める。

「あっ、ああっ、ああっ、す、ごいっ、激、しっ……」

雄々しく重量感のある抽挿に身を揺さぶられ、くらくらとめまいを覚える。

体をバラバラにされてしまいそうなほどの動きに、ほんの少し戦慄を覚えるけれど、中を繰り返しこすり立てられるうちに、肉襞が正親の熱で溶け、動きも滑らかになっていくのがわかる。

少し余裕が出てきたから、動きに合わせて陸斗も腰を揺すったら、正親がああ、と低くうなって上体を起こした。

すると熱杭の角度が少し変わって、張り出した頭の部分が気持ちのいい場所をかすめ始めて……。

「はあっ！　あぁっ、そ、こっ、もっと、来てっ」

「ここか？」

「あううっ！　ううっ、ぃ、いっ！　気持ち、いっ……！」

狙い澄ましたように抉られて、背筋を悦びのしびれが駆け上がる。

初めてのときもそこで感じて、わけがわからないほど気持ちよくさせられた。

男の体の中にそんな場所があるなんて、考えてみれば不思議だけれど、こうなってみるとただただ嬉しい。愛しい男に抱かれて、こんなにも凄絶な悦びを味わえるのだ。

快楽にのまれた陸斗の体はどこまでも潤み、正親が出入りするたび結合部からはくちゅ、ぬちゅ、と淫靡な水音が上がってくる。

欲望もまたひとりでに勃ち上がって、スリットからは透明な蜜がぬらぬらと絶え間なく流れ落ちてくる。だらしなく緩んだ口唇から唾液がこぼれるのを、止めることすらもできない。

正親が与えてくれる愉楽を、この体はどこまでも貪欲に享受するのだ。

中の感じる場所だけでなく、蜜筒全体でももっと悦びを感じたくて、浅ましく窄まりを絞ると、正親がウッとうなった。

「……くっ、陸斗、そんなに、締めつけられたらっ」

「ごめ、なさっ、気持ち、よすぎてっ……、あああっ、あああっ」

正親が応えるみたいに抽挿のピッチを上げ、ガツガツと腰を打ちつけてくる。

畳みかけるような動きに、肉の筒はさらに熱くなって、喜悦がふつふつと湧き上がる。

揺れる視界の中、見上げた正親の肉体は、鋼鉄のように力強かった。

端整な顔は悩ましげにゆがみ、額には汗の粒が浮かんでいる。息ははあはあと荒く乱れ、獰猛な雄の本能が垣間見えるようだ。

自分だけでなく彼も、肉の欲望に身を任せている。自分と結び合って悦びを感じているのだと伝わってきて、甘く心が満たされていく。

「正親、さっ、好、きっ……」

「陸、斗っ」

「大好き、ですっ、あなたがっ」

どうしてか泣けてきたから、正親に両手を伸ばしたら、彼がたまらぬ様子で体を倒して身を重ねてきた。

腕を首に回してすがりつき、両脚を腰に絡めて身を揺すると、正親がそのまま、最後のラッシュをかけてくる。腹の底から、終わりの波がぐっとせり上がってくる。

「はぁ、ああっ、達、きそっ、達、ちゃうっ」

「ああっ、俺も、もう……!」

「あぁっ、あああ――」

全身で正親に抱きついて、頂の波に身を任せる。

意識が飛びそうなほどの、鮮烈な絶頂。

正親も達したのか、腹の奥が吐き出されたもので満ちる。

神獣の血族のほとばしりの熱さに、全身が歓喜したように震える。

「……ぁ……」

腕の中の正親の肉体がゆっくりと形を変え始めたから、ぼんやりと見上げると、眼前には神獣の姿の正親がいた。

雄をするりと引き抜き、オーガズムの恍惚にしびれた陸斗の体を鼻先でくるりと翻して、正親が告げる。

「愛している、陸斗。俺の番になってくれ」

「……ああっ」

うなじのあたりをがぶりと噛まれ、ビクンと体が跳ねた。

一瞬痛みを感じたが、すぐに引いて、体がぽかぽかと温かくなってくる。

背骨というか脊髄というか、陸斗の体の真ん中に、生命力にあふれた力強いものが、さらさらと流れ込んでくる感じがある。

正親の血や男精、口づけを通じて味わってきた狼神獣の力だと、ありありと感じる。

自分もついに大狼一族の眷属になり、正親のものになったのだと感じて、歓びの涙があふれてくる。

「……俺も、愛していますっ。あなた、だけを」

「嬉しいよ、陸斗。ずっと一緒にいよう」

正親が陸斗の背後に身を寄せ、狼神獣の被毛で包み込んで獣の耳を舐めてくる。

優しく、どこまでも温かい被毛の感触に、陸斗はうっとりと酔いしれていた。

◆　◆　◆

それから数ヵ月後の、ある日の昼下がり。

『陸斗、起きろ』

『陸斗、正親が帰ってきたぞ』

「う、ん……？」

今日は一日留守番の予定だったので、獣の耳も尻尾も出して、居間でのんきにうたた寝をしていたら、体を揺さぶられて声をかけられた。

目を覚ますと、陸斗の顔を覗き込むように、アムールトラとユキヒョウがぬっと顔を出している。耳を澄ましたら、外から車のドアが閉まる音が聞こえてきた。

「……ほんとだ。思ったより早く帰ってきたね？」

『小さいの、連れてる』

『気配が、する』

アムールトラとユキヒョウがくんと鼻を鳴らして言う。

小さいの、とはいったいなんのことだろう。ピューマがいないが、もう玄関に出迎えに行ったのだろうか。

（みんな、正親さんのこと大好きだよな）

正親の番になってから、陸斗は獣たちと話ができるようになった。

もう幼獣ではなく成獣になっているが、受け入れ先の都合で、まだしばらく正親と陸斗が暮らすこの家で預かることになったため、もはや家族も同然だ。

陸斗のことは正親の番として認識してくれていて、正親が外出先から帰ってきたことに陸斗が気づかないでいると、ちゃんと教えに来てくれる。どうせなら、もうこのままずっと一緒に暮らしていけたらいいのにと、最近はそんな気持ちになっている。

獣たちと玄関まで歩いていくと、たたきに正親が立っていて、足元にはピューマがいた。

「おかえりなさい、正親さん。俺、ちょっとうたた寝しちゃってて……」

言いかけたところで、正親がバスタオルに包んだこんもりしたものを腕に抱いていることに気づいた。

とてもいい匂いがするそれは、いったいなんだろう。

意味ありげな笑みを見せた正親に、ゆっくりと近づいてみると。

「……あ……！」

正親が抱いていたのは、動物の赤ちゃんだった。

一見すると子犬のように見えたが、そうではないと直感する。

少し灰色がかった被毛の、この子は――。

「ニホンオオカミの赤ん坊だよ、陸斗。うちで預かることになったんだ」

「そうなんですかっ？　でも、ニホンオオカミって……？」

「絶滅したといわれているが、実はずっと、『月夜ノ森』で保護してきたんだ。もう本当に数が少ないから、それは大切にな」

正親が言って、ニホンオオカミの赤ちゃんをこちらによこす。

「抱いてやってくれ、陸斗」

「いいんですかっ？」

「もちろんだ。さあ」

うながされるまま、タオルごとそっと抱き取る。

じんわりと温かくて、とてもいい匂いがする。命を抱いているのをひしひしと感じて、心が温かくなってくる。

「俺、動物を赤ちゃんから育てるのって、初めてです」

「そうなのか。なかなかいいものだぞ？」

正親が笑みを見せて言う。

「この子が魔に落ちないよう、俺たちや一族皆で愛情を注いで、大事に育てていくんだ」

「素敵ですね。きっといい子に育ちますよ。みんなみたいに」

興味深そうにこちらを見ている獣たちを見回して言うと、正親がふふ、と小さく笑った。

「早くもきみから、いい匂いがしてきたな」

「え、どういうことです？」

「この子に愛情を向けたから、きみの獣の血が騒いだんだろう。もちろん、人の血も。狼人のきみに、この子はきっと、誰よりも懐くはずだ」

陸斗の獣の耳にちゅっと口づけて、正親が言う。

「一族の皆や、愛しい番、そして獣たちと、慈しみ合って幸せに暮らすのが、今の俺の夢だ。どうやら確実に叶いそうだな」

それはこの上なく素晴らしい夢で、これからの自分の夢でもあると、陸斗は思う。

狼人として、愛する正親の番として。

自分も皆とともに生きていこう。あふれるほどの愛を受け止め、たくさんの愛を返しながら――――。

了

あとがき

このたびは、『狼人は神獣の血に惑う』をお読みいただきましてありがとうございます。

今回はケモ耳尻尾な獣人もので舞台は現代日本、でも刀を持って戦う感じ、という和風ファンタジーなイメージがまずあり、それをそのまま形にしてみたお話です。楽しんでもらえていましたら嬉しいです。

挿絵を描いてくださった藤村綾生先生。カッコいい正親とけなげで可愛い陸斗をありがとうございました。カバーイラストの温かい雰囲気がすごく素敵です！

担当のS様。いろいろと新しい視点からお話を考えることができてよかったです。ファンタジーの世界をもっと広げていきたいです。

ここまでお読みいただき、どうもありがとうございました。

ご感想などお待ちしております！

二〇二四年（令和六年）四月　真宮藍璃

プリズム文庫をお買い上げいただきまして
ありがとうございました。
この本を読んでのご意見・ご感想を
お待ちしております!

【ファンレターのあて先】
〒153-0051 東京都目黒区上目黒1-18-6 NMビル
(株)オークラ出版 プリズム文庫編集部
『真宮藍璃先生』『藤村綾生先生』係

プリズム文庫

狼人は神獸の血に惑う

2024年05月07日 初版発行

著　者　真宮藍璃

発行人　長嶋うつぎ
発　行　株式会社オークラ出版
〒153-0051 東京都目黒区上目黒1-18-6 NMビル
営　業　TEL:03-3792-2411 FAX:03-3793-7048
編　集　TEL:03-3793-6756 FAX:03-5722-7626
郵便振替　00170-7-581612(加入者名:オークランド)
印　刷　中央精版印刷株式会社

Printed in JAPAN　ISBN978-4-7755-3032-0